把生活过成你喜欢的样子

刘依琳 王鹤翔◎著

中国纺织出版社有限公司

内 容 提 要

我们终会过上自己想要的、喜欢的生活。只要我们脚踏实地地努力，那么梦想终会照进现实，幸福也会如期而至。

本书是现代生活的幸福指南，通过翻开生活的另一面，阐述出当代人们的迷茫和焦虑，教你如何走出迷茫、摆脱焦虑，重新定义生活的模样。这本书将会引导你在平淡中发现生活的意外惊喜，收获小惊喜和小确幸。

图书在版编目（CIP）数据

把生活过成你喜欢的样子 / 刘依琳，王鹤翔著. -- 北京：中国纺织出版社有限公司，2019.12 （2020.4重印）

ISBN 978-7-5180-6307-9

Ⅰ.①把… Ⅱ.①刘… ②王… Ⅲ.①散文集—中国—当代 Ⅳ.①I267

中国版本图书馆CIP数据核字（2019）第119950号

责任编辑：王 慧　　特约编辑：王佳新　　责任印制：储志伟

中国纺织出版社有限公司出版发行

地址：北京市朝阳区百子湾东里A407号楼　邮政编码：100124

销售电话：010-67004422　传真：010-87155801

http://www.c-textilep.com

中国纺织出版社天猫旗舰店

官方微博http://weibo.com/2119887771

三河市延风印装有限公司印刷　各地新华书店经销

2019年12月第1版　2020年4月第2次印刷

开本：880×1230　1/32　印张：6

字数：99千字　定价：39.80元

前 言

法国作家罗曼·罗兰说：“世上只有一种英雄主义，就是看清生活的真相后依然热爱生活。”生活的常态大多是平平淡淡，如小桥流水，激不起半点涟漪。对于生活，人们刚开始是满怀热情的，但随着时间的流逝以及所遭遇的事情，那些柴米油盐已经将最初的激情消磨殆尽，生活已不是我们想要的样子。其实，每个人的生活何尝不一样呢，或迷茫，或倦怠，或消极，或寂寥，不一样的是我们面对生活的那颗心。

有的人可能还活在混沌中不知所以，每一次做事总是迟迟不开始就结束了，在挣扎中徘徊、徘徊里痛苦着，没有做什么事情却感觉到内心疲惫不堪。说自己累却好像没有说累的理由，日子平平淡淡、安安逸逸、得过且过，不知道什么时候是尽头。看着别人日子过得光鲜亮丽，心中没有办法无动于衷，但缺乏努力的勇气，也没有能力去过自己想要的生活，只能默默接受平淡无奇的日子。一直在逃避，用心甘情愿的态度，过着随遇而安的生活，但内心又不甘于平淡的生活。

假如你对生活不满意，那就应该把生活过成自己想要的样子。这需要足够的努力，趁着年轻，趁着有时间好好努力一次。倾尽全力，用努力把光阴填满，用努力换天分，心中想着远方，所有的向往就是为了能够过上自己想要的生活。

把生活过成自己想要的样子，不拖延、不逃避、不怯弱。心中一旦有了梦想，就要有把梦想化为现实的执行力，不拖延，立即行动，朝着既定的目标，迈着坚定的步伐，一步一个脚印向前走。通往成功的旅途中，可能有泥泞的路，可能有满地荆棘，可能有风雨兼程，但依然不逃避，鼓起勇气正面挫折，逆境虽然让人痛苦，但只要我们鼓起勇气克服，它就会成为自己的成就，因为我们每经历一点挫折就会在人生的道路上多一分克服困难的经验。

把生活过成自己想要的样子，还在于不忘初心。任何时候，都别忘记自己梦想的样子；任何时候，都别忘记最初的自己；任何时候，都别忘记前进的方向。只有回归最初的阶段，我们才能把生活过成自己想要的样子。

作者

2019年9月

目 录

第 1 章

喜欢什么样的生活，就向什么方向努力

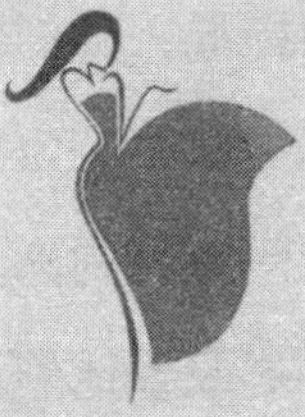

人生短短几十载，我们到底为什么而活着。有的人过着父母想要的生活，有的人则按照身边人的轨迹生活着。既然是自己的生活，为什么要在乎别人的想法呢？我们喜欢什么样的生活，就应该朝着什么方向努力。

生命重要的是过程，而不是结果

在现实生活中，很多人都喜欢为自己设定界限。对于成功的标准，他们也有着量化的定义。例如要想成为一名高产的作家，那么一定要写出多少作品来才能算高产呢？对于一名能够以假乱真的画家，又要模仿多少幅画才能够形成自己的风格呢？再或者他们认为人生的一个阶段，应该是在挣够一百万元之后才能做出标记。实际上，不管是对时间作出定义，还是对数量做出规定，每个人都迫不及待地想为人生画一条清清晰晰的界限，这样才知道自己只要达到什么程度就能够得到如愿以偿的生活。遗憾的是，这样的量化并不真正的存在，这是因为每个人对人生都有不同的憧憬和渴望，每个人对于成功的标准也有不同的定义。更重要的是，每个人对于人生的感悟是截然不同的。举个最简单的例子而言，对一个百万富翁来说，哪怕他赚到十万块钱也未必会觉得很高兴，然而对于一个乞丐而言，在寒冷的冬日里，如果有人能给他一碗热粥，他就会觉得非常温暖和幸福。由此可见，是否幸福与金钱和物质没有太大的关系，而在于我们的内心能否体验到那份满足感。

面对生活，从来没有人是轻松的，人人都必须努力奔跑，才能与生命中最美的际遇相逢。然而面对生活的艰难，却很少有人能够心甘情愿、绝不抱怨，大多数人都会对生活指手划脚，甚至对生活感到极其不情愿。在这样的情况下，我们唯有更好地面对生活，才能让人生有截然不同的表现。人人都希望在人生中找到捷径，能让自己轻而易举就获得成功，殊不知这样的捷径根本不存在。正如对待学习，人们常说“书山有路勤为径，学海无涯苦作舟”，这正是说让人们面对生活时要有努力奋发的动力。所以对于生活和对待学习一样，根本就没有所谓的捷径，也不可能有一蹴而就的成功。要想真正到达人生的顶峰，我们就只能不断地攀登，用尽自己的力气去奔跑，节省人生的时间，让人生效率倍增。这样一来，我们才能在人生中更从容，也才能跑在时间前面，把握命运。

人生中并没有明确的分界线，并不是说超越这条线，我们的人生就会有质的飞跃，努力就会有切实的效果。所谓付出是否得到了回报，实际上是一种内心的感受，只要我们觉得自己的付出是值得的，那么我们就能做到无怨无悔。相反，如果我们对于自己的付出总是怀着心不甘情不愿的心态，那么人生就会变得悲观绝望。还需要注意的是，人生并不是一条直线。大家都知道在两点之间直线最短，偏偏命运要和我们开玩笑。有的时候，那个终点看着就在眼前，但是我们却始终无法靠近。这就要求我们只能坚持下去，哪怕遭遇再多的坎坷和挫折，也决不放弃，最终才能到达人生的彼岸。

在现实生活中，很多人总是过于急功近利，不管做什么事情都希望得到自己期望的结果，实际上这样目标明确，有时候反而会禁锢我们的高度，局限我们的眼光，让我们只盯着那小小的可能性，而由此对自己的付出斤斤计较。从本质上而言，我们与他人也许处于同一个起点，但是最终人生的彼岸却并不相同。或者说，哪怕我们付出了同样的努力，最终的结果也有可能相差迥异。所以我们应该抓住千载难逢的好机会，让自己鼓起勇气，绝不退缩。如此一来，人生才能做到无怨无悔，无畏无惧。

人生中并非只有成败这两个定义，就像一个人并不能单纯地用好坏去界定一样。常言道，人生是一场没有归程的旅途，我们要做的就是坚持初心，一路向前，而不要总是纠结于自己何时才能到达终点。对于大多数人而言，生命最重要的是过程，而不是结果，所以集中所有的精力用于奔跑，集中目光看着前方，我们的每一步就会迈得坚定而又稳重。唯有如此，我们才能摆脱终点的禁锢，从而在生命中与最美好的自己重逢。

简单精致，把日子过成诗

曾经有人说，生活不止苟且，还有诗和远方。的确，如果生活中只剩下琐碎、牢骚和抱怨，那么还有什么是值得欣赏的呢？所以，哪怕生活再怎么艰难，我们都要始终心怀希望，也要以浪漫来调节生活，才能把普通而又平凡，甚至烦恼丛生的日子，过成最美丽的诗。

生活原本就是艰难的，我们也可以说人生的本质就是不断地接受挑战，超越自己的过程。没有任何人生而自由，生而就能满足自己所有的愿望，对于不同生活层次的人而言，生活中总是还有自己踮起脚尖甚至跳起来也够不着的东西。如果那个东西是奢侈品倒也还好，如果是必需品，则求之而不得的感受就会非常痛苦了。面对人生的煎熬，我们一定要把日子过成诗，才能最大限度发挥自身的潜能，也让自己始终保持积极乐观的态度面对人生。实际上，每个人对于人生的理解和追求尽管不同，但是目的都是大同小异的，无非是实现自己的价值，拥有幸福的人生。从本质上而言，人生是否幸福，与拥有多少金钱其实并没有太大的关系，最重要的是，要有淡然的心态，也要有快乐的心境。

细心的朋友们会发现，在家庭生活中，女人往往起到很大的作用。女人如果是有才情的，那么哪怕生活艰难，她们也能让人生风生水起。与此相反，女人如果没有才情，而总是怨声载道，那么即使生活很富足，衣食无忧，也会对生活不满足。一个真正热爱生活的人，是能把日子过成诗的，哪怕很难，她们也尽量像向日葵一样，向着太阳。

晓静看起来是个柔弱的女孩，实际上内心深处很刚强。大学毕业后，她在父母的安排下回到家乡当老师，每天过着在学校和家之间两点一线的生活，她很快就厌倦了。为了给自己的人生更多的可能性，她瞒着父母辞职去了大城市，直到在千里之外找到工作，才给家里的父母打电话。这个时候，辞职已经成为事实，父母虽然生气，却也无可奈何。

然而，大城市的生活并非晓静所想的那么容易。最初，晓静为了节省开支，只能租住在小平房里。房子空荡荡的，没有任何家具，为此晓静从二手市场买了两张铁架子床拼在一起，又买了一张海绵铺在床板上，就这样便成了简易的席梦思大床。原来晓静从小就睡觉不老实，所以她什么都可以没有，必须有一张大床。后来，晓静还从公司捡来废弃的窗帘。有一次，喝完饮料，晓静在路边采摘了几本野花，插在饮料瓶里，摆在一张盖着小碎花布的破旧桌子上，看起来非常漂亮。就这样，晓静虽然过着披星戴月的生活，每天都为了工作而四处奔波，但是她每当回到家里，都会觉得内心温暖。经过一夜的休息之后，她就满血复活，再开始新一天的奔波。有一次，同事来到小静家里做客，看到小静的家这么温馨，不由得大吃一惊。同事钦佩地说："难怪你在工作上也井井有条呢，原来你在生活中也是这样的啊。看着你的小窝，真觉得很温馨。"

现代职场，年轻人都非常疲惫，尤其是漂浮在大城市的年轻人，每天工作那么辛苦，如果回到家里只能趴在冰冷的地下室中，那么一定会对生活失去希望。等到第二天再起来去工作的时候，没有家的期待，也必然觉得内心疲惫，生活没有动力。

每一个在外漂泊过的人，都曾经感受到命运的折磨和辛苦，尤其是在孤独的情况下，更是觉得自己如同无根的浮萍一样，毫无指望。其实，人生本来不该是波澜不惊的，真正的人生，必然有波浪迭起。归根结底，人生的梦想都必然鲜花盛开，这个世界不管是有情还是无情，我们都要怀揣着梦想，勇敢面对人生。在这个世界里，唯有活得精彩，才能更加从容坦然，也才能绽放出自己的绚烂。

生活的意义在于目标的力量

很多朋友都抱怨自己的人生不尽人意，那么人生的主宰到底是谁呢？如果作为命运的主宰只能跟随命运随波逐流，只能因为命运的捉弄而束手无策，那么最终只会沦为命运的奴隶，而无法真正掌握命运，操控人生。

目标，对于每个人而言都是非常重要的，一个人唯有为自己制定切实可行的目标，才能让人生有方向，也因为有了目标的激励和鞭策而变得截然不同。有目标的人哪怕身处困境，也依然能够坚持不懈，奋勇向前，他们纵然在困境中暂时迷失，也能不忘初心，方得始终。总而言之，人生不应该是迷惘的，真正的人生强者，总是竭尽所能掌握人生，操控命运，也总是拼尽全力与命运抗争，绝不轻易屈服。由此可见，漫无目的的人生是很难真正实现的，唯有不断地提升和完善自我，才能真正打开心扉，也才能在与命运的博弈中获得胜利。

很久以前，有个地区特别贫穷，为此政府对那个地区出台了很多优惠政策。然而，长久的贫穷导致人们信心全无，为此政府还特别委派相关人员去该地区工作，目的就在于让该地区的人们彻底改变观念，相信自己是完全可以凭借实力改变命运，创造美好生活的。

工作人员来到这个地区后，首先与当地最为贫穷的二十多名村民见面。他看到这些村民的脸上写满了绝望，似乎被贫穷折磨得毫无斗志和信心，因而问这些人："你们的梦想是什么？"看着工作人员，这些村民全都流露出难以置信的眼神，许久之后才有人说："梦想是什么？我们从来不做梦，日子就是这样，做梦又有什么用呢？"工作人员的内心无限感慨：原来，这些人连梦想是什么都不知道。为了帮助他们点燃梦想，点燃心中的希望之光，工作人员只好先给这些人普及梦想的知识。在工作人员的耐心引导下，村民们才说出梦想，有人梦想着赶走咬孩子的野兽，有人梦想着能有时间照顾好孩子们，还有人想学习知识，也有人想赚到更多的钱……每个人都有自己的梦想了，尽管这些梦想听起来是那么微不足道，但是对于这些从未有过梦想的村民而言，却足以让他们感到兴奋，也让他们觉得人生充满希望。

这些梦想都曾经困扰着村民们，让他们不敢奢望烦扰自己的问题终有一日能够得到解决，然而在真正把这些难题都上升到梦想的高度后，他们居然真正实现了梦想。因而当一周后再来到工作人员这里聚集时，他们全都兴致勃勃，看起来也精神焕发。几年之后，这些村民都完全实现了梦想，也拥有了崭新的人生。

梦想不是梦，更不是白日梦，不是随便想一想就可以实现的。对于梦想，只要心中有着清晰的认知和明确的定位，最终就能够得到机会实现，但是前提是在梦想之后，还要把自己从颓废沮丧的状态中拯救出来，让自己真正充满信心和希望面对人生。

每个人要想拥有成功的人生，就一定要有梦想，梦想不仅是人生的方向和目标，更是人生之中源源不断的动力。很多人羡慕他人的梦想得到实现，人生也收获成功，然而实际上每一个梦想在最初开始的时候都是浅薄的，也是虚幻的。只是在行动的不断推动之下，才从虚无变得接近现实，直到最终真正成为现实。这，就是梦想的力量。

抵住世俗眼光，不过将就的人生

现实生活中，很多人都希望自己变得与众不同，然而人是群居动物，大多数人都要从他人的视线里和语言中寻求认同感，当一个人成为大多数眼中的另类，那么他还能坚定不移地坚持做最真实的自己，而不管别人怎么说或者怎么看吗？也许很多人暂时能够做到这一点——特立独行，但是对于大多数人而言，说起来也许容易，但是真正做到却很难。当你拒绝成为大多数，你就要面临人生中很多的流言蜚语，也要面临他人不解的目光；当你拒绝成为人生中的大多数，你还会因此而变得孤独，甚至不知道如何展开自己的人生。

俗语说："男大当婚，女大当嫁。"但现代社会人的生活节奏越来越快，而且高层次的文化教育也让人对生活有了更多的感悟和追求，因此很多年轻人都选择单身。在没有遇到对的人之前，他们不愿意委曲求全，盲目投入婚姻之中，从本质上其实是秉持着对自己负责的态度。然而现实生活中有很多亲戚甚至是不相干的陌生人，看到他们就会指指点点，觉得他们因为不结婚就成了怪物。当你拒绝成为大多数，你究竟要怎么做才能始终坦然地坚持自己呢？

作为一个大大龄女青年，佳佳已经三十岁了，还没有恋爱。每当提起佳佳的年龄，父母总是非常着急，恨不得当天就能解决佳佳的终身大事，把佳佳嫁出去。但佳佳对此总是很淡然，她对爱情有着自己的憧憬，也不愿意因为仓促而委屈自己，为此她总是对父母说："我一定会等到自己的真命天子，或者我就算自己一个人度过这一生，也依然逍遥自在。"面对佳佳的回答，父母总是感到很无奈。转眼之间，又几年过去了，佳佳已经到人生中的第三个本命年。已经三十六岁的佳佳让父母再也无法忍受，他们给佳佳加下了最后通牒：如果半年之内不结婚，那么老两口就要游走天涯，再也不回到佳佳的身边。尽管佳佳知道父母说的都是气话，但是她也不想让父母做出过激的举动，尤其是看到身边的女性朋友都已经结婚生子，有的都有了二胎，佳佳也有些着急。她从坚定的不婚主义者变成恨嫁女，把工作之外的时间都用于相亲了。

有亲戚朋友给佳佳介绍相亲对象，佳佳从不拒绝，除了上班的时间，她把其他时间都用来相亲，而且不管相亲对象如何，她都抱着宁可错杀一千也不可错过一个的心态，全部亲自去见。她似乎迫不及待想要遇到自己今生的缘份，有的周末，佳佳甚至要赶场好几个相亲约会。为此，她感到心力交瘁。在进行了几十场相亲之后，佳佳最终泄气了。她告诉自己："这个世界上根本没有绝对完美的男人，也没有最适合我的那个人。我就应该委曲求全，不要过于苛刻，找一个差不多的人把婚结了就完了。"就这样。佳佳在坚守了十几年之后，终于缴械投降，和一个不让她讨厌的男人结婚了。这样仓促的结婚使得佳佳婚后的生活矛盾不断，她与那个男人之间根本没有深入地了解对方，突然在一个屋檐下生活，彼此之间总是矛盾重重。才半年过去，佳佳就不得不选择离婚，独自回到了悠哉游哉的单身生活。这让佳佳觉得很自在，看到佳佳的处境，亲戚朋友们再也不催着她结婚了。父母也想明白了，安慰佳佳："不要着急，慢慢等总会遇到合适你的人。上一次婚姻就是因为太着急了，所以才遭遇失败。哪怕你一辈子不结婚，爸爸妈妈也陪在你的身边，放心吧！”

在这个事例中，作为单身主义者的佳佳总是引起“民愤”，不管是七大姑八大姨还是身边的邻居、朋友、同事，或者只是不相干的陌生人，看到她三十多岁了还天天形只影单，都对她指手划脚、戳戳点点。然而在经历了半年的短暂婚姻之后，佳佳离婚变成了单身，大家却不再对佳佳指指点点了。这难道不是一种很奇怪的心态吗？人们能够接受一个单身离婚的女人。却不能接受一个为了等待爱情而坚持独身的女人，佳佳最终没有抵得过世俗的眼光，选择了仓促结婚，也让自己理所当然、名正言顺地成为离异女性，成为世人眼中更正常的人。

一个人要想拒绝成为大多数人的样子，实在需要很大的勇气和坚强的信念，否则世俗的力量就会让他妥协，使他不得不向命运低头。实际上，每个人都应该是人生的主宰，不要把自己的人生任由别人品评，而要坚信自己的选择就是正确的。归根结底，他人哪怕再怎么设身处地，也不可能真正了解我们的感触，所以与其向他人妥协，不如坚持做最真实、最美好的自己，这样才是对自己的人生负责。

主动选择，活出属于自己的精彩

在大千世界中，总有人坐在桥上看风景，却不知道自己也是别人眼中的风景。人人都想把自己活成最亮丽的风景，却不是每个人都能做到。

人生的艰难，只有每一个真正活过的人才知道。对于人生而言，能够成为亮丽的风景当然好，如果不能成为亮丽的风景，那么就注定只能活成普普通通的样子。即便如此，也要成为自己的风景，而不要总是装点他人的生活。要知道，在这个世界上没有谁离了谁是活不下去的，就像地球离开了谁都照样转一样。所以一个人既不能妄自菲薄，也不能妄自尊大，只有始终保持最好的姿态面对生活，才能活出属于自己的精彩。

早在大学期间，苏珊就与男朋友认识了，并且很快坠入了爱河。然而在大四的时候，苏珊和男朋友回家拜见父母，却被未来公婆嫌弃。他们觉得苏珊的专业不好，很担心苏珊未来找工作困难，又觉得苏珊的家是农村的，经济条件不太好，因而担心会给自己的儿子增加负担。虽然爸爸妈妈反对儿子和苏珊谈恋爱，但是儿子很坚持，他们也没有办法。就这样，苏珊和男朋友继续在一起。

大学毕业后，苏珊就业果然遇到了很多困难，足足过了半年才找到合适的工作。在此期间，未来的公婆一直在男友面前说苏珊不好，幸好男友坚持，他们才能一直在一起。然而好景不长，就在他们准备结婚的时候，苏珊的工作发生了变动，她所在的公司突然倒闭，这使得苏珊不得不面临失业的窘境，也使未来的公婆更加恼火。他们不想让儿子承受更多的压力，也担心苏珊未来工作不稳定，使儿子更加疲劳地支撑整个家庭。这一次，苏珊决定不再忍让，她主动向男朋友提出了分手，因为她不想一辈子都被未来的公婆瞧不起。

分手之后，苏珊没有自暴自弃，她利用失业的时间报名参加了培训班，学习相关的技能，提升自己的能力。后来，她找到了一份很好的工作，虽然是从公司基层的工作做起，但是她不断努力，很快就做到了公司的中层管理者。这个时候，被分手的男友还没有找到新的爱人，他又开始追求苏珊。苏珊也很爱男友，她只是与未来的公婆赌气才选择了分手，如今她终于有了资本可以名正言顺地和男友谈恋爱，也可以把自己的高薪甩在公婆面前让他们知道她已经远远超过了他们的儿子。就这样，苏珊高调与男友复合，而且很快步入婚姻的殿堂。结婚后，苏珊和男友过着幸福的生活。看到苏珊成为不折不扣的女强人，公婆也无话可说，甚至打心眼里佩服苏珊。

如果苏珊不能证明自己，那么虽然她可以拥有爱情，却总是会被公婆鄙视。当然，爱情是需要经得起风浪的，也不能因为公婆的反对就决定分手，只不过苏珊想先证明自己，然后再追求爱情，所以在拥有好工作和高薪水之后，苏珊又接受了男朋友的追求。不得不说，在爱情中能有这样的姿态，的确让人羡慕嫉妒和佩服。

很多年轻人都无法面对人生中的坎坷和挫折，尤其是在面对感情的时候，他们总是让自己卑微到尘埃里。从本质上而言，爱情之中应该不分高下，只有真正的平等，才能让爱情生根发芽，开花结果。在现实生活中，年轻人在大学毕业后也要努力争取把自己活成最亮丽的风景。遗憾的是现在社会很多年轻人从小就接受父母无微不至的照顾，也因而无形中更加依赖父母，他们往往对于自己的人生没有主见，也不能做出主动选择，而总是相信父母的标准。其实父母并不是无所不能的神，他们虽然为了孩子好，但却会过多地考虑孩子的物质和经济条件，而忽略孩子的兴趣和天赋。在这样的情况下，孩子小的时候会接受父母的安排，但长大之后，就应该有自己的主见，这样才能为人生争取到更多的可能。

最美的姿态，就是对自己好

每个人都是这个世界上特立独行的生命个体，每个人的梦想也是与众不同的，为此每个人的人生和梦想都带着自己的深刻印记，带有自己与众不同的色彩。然而，既然梦想是不同的，我们就要顺从自己的内心，而不要盲目地模仿别人的成功，只有活出自己的精彩人生，只有活出自己与众不同的模样，人生才会更加充实，也才会有不一样的绽放。否则，哪怕模仿别人获得了成功，也是成功的仿制品，并非是独属于自己的成功和人生。为此，我们一定要更加努力，坚持主见，做最好的自己。

在世界上生存，每个人都要有独特的、傲然的姿态，无需讨好这个世界，也无需讨好任何人，但是，却需要讨好自己。讨好自己是很有必要的，如果总是在生命的历程中沉沦，总是不知道如何在人生的起起伏伏之中面对自己，你一定会在人生道路上迷失，也一定会在未来有糟糕的境遇和悲惨的人生。只有讨好自己，只有活出自己想要的模样，只有获得自己理想的人生，我们才能真正获得成功，也才可以在人生的道路上始终坚持不懈地向前，朝着自己的理想努力奋进。

一个人如果不能接纳和忠诚于自己，他们的内心一定会是彷徨和忐忑的，归根结底，人生没有回头路可以走，我们面对人生必须更加努力辛苦，必须更加全力以赴，必须更加集中精神和力量，才能争取一步到位做得更好。不要怕通往梦想的道路太遥远且漫长，也不要觉得那些成功者都有独特的天赋和让人羡慕的好运气。在真正获得成功之前，他们很有可能还没有你幸运，也没有你那么强的能力，但是他们始终都在坚持过好人生的每一天，都常常讨好自己，顺从自己的心去做更远大的决定，所以他们才能始终在人生的道路上前行，也才能奔向人生伟大的目标。

人生是一场没有归途的旅程，在漫长的人生之中，我们或许已经被安排好如何过完这一生，但是没有人可以代替我们主宰人生。我们唯有成为自己的主人，才能真正地主宰命运，才能在不断努力奋斗的过程中进入崭新境遇，也收获创造全新人生的机会。

从小，小宇就特别羡慕爸爸妈妈口中的“别人家的孩子”，因为他们可以得到爸爸妈妈这么多的认可与赞赏，简直就是人生赢家。小宇亲耳听着爸爸妈妈慷慨地赞赏别人家的孩子，而他只能听着，只能羡慕，不能嫉妒，还要做出一副虚心学习的样子，他心里很难受。小宇在这样的难受中成长起来，最大的心愿就是努力，让自己取代父母口中别人家的孩子，得到父母的认可和赞赏。

小宇的内心越来越坚定，他卯足了劲要有更好的表现。直到大学毕业后，小宇在工作上有了出类拔萃的表现，才活成了父母心中的“别人家的孩子”。这个时候，小宇如释重负，他终于可以成为父母的骄傲，有让自己和父母都很满意的人生。但是他没有懈怠，他想要继续讨好自己，满足自己心中的渴望，让自己成为父母绝对的骄傲。为此，他更加拼搏努力，最终实现了人生又一个阶段的梦想，那就是买房买车，把退休了的父母从家里接出来，让父母和他一起在大城市生活。如今的小宇对未来充满了幻想和憧憬，也充满了渴望，他相信自己可以把控命运，也相信自己可以掌控人生。

每一个人都有自己想要的人生，在生命的历程中，与其被动地陷入人生困境无法自拔，不如有的放矢经营好属于自己的人生，这样即使失败了，也可以收获充足的人生经验，而不至于让人生一片空白。作为明智的人，不会在人生中采取悲观消极的态度，而是会更加努力经营好属于自己的人生，也更加全力以赴地在人生的旅途中攀登属于自己的人生巅峰。生命不可重来，每个人的人生都只有一次机会，每个人的未来都把握在自己的手中。虽然要把自己活成父母口中“别人家的孩子”，但是并不意味着我们要和别人家的孩子一样那么优秀，那么成功。每个人都是独特的生命个体，我们要做的是活出自己的精彩，活出自己的样子，唯有如此，才能距离自己梦想的成功越来越近，也才能真正地追求梦想和成功，获得理想的人生。

人生，从来不是活给别人看的，我们一定要问清楚自己想要怎样的人生，这样才能在生命的历程中不断地崛起，持续地进步，也才可以保证正确的人生方向，从而避免犯南辕北辙的错误。如果成功不能让自己愉悦并收获成就感，而只是愉悦了他人，成功也就失去了意义。当然，人生不会完全顺遂如意，尤其是通往成功的道路总是充满泥泞和艰难坎坷，就更需要我们持续进步，不懈努力，才能在人生之中排除万难活成自己想要的样子，这就是人生最美好的姿态。

第2章 做生活的管理者，活成自己喜欢的样子

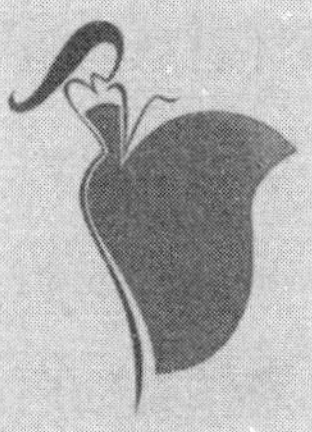

生活中，我们常常会讨厌自己，讨厌自己拖延，讨厌自己不够努力，讨厌自己只有无尽的抱怨，之所以讨厌，是因为活成了自己不喜欢的样子。这时候为什么不学会管理自己呢？讨厌什么就开始改变什么，活成自己喜欢的样子。

只有等待，人生才会花开

不得不说，在现代社会中，很多人都无形中变得急躁。人人都怀着急功近利的心，想要得到生活的馈赠和丰厚的回报，这样的理想显然是很难实现的。古人云，“有心栽花花不成，无心插柳柳成荫”，所以我们对于生活固然要非常努力进取，却也要怀着随遇而安的心态，才能做到拼尽全力去努力，随遇而安去收获。这样，我们才能在人生不如意的时候，有更多的时间去理性地等待，无需觉得心急。常言道，心急吃不了热豆腐，栽种过昙花的人会知道，昙花一现的时间非常短暂，唯有耐心地等待，才能在昙花绽放的时候欣赏到美丽的花朵，也才能感受到昙花一现的美丽。任何时候，我们唯有更加努力进取，才能欣赏到美丽的景色。

人生之中，很多时候都需要等待。孩子们要等待长大，小树苗要等待成长为参天大树，花朵也要等待绽放。尤其是在长大成人之后，步入社会，我们会发现有更多需要等待的时刻。记住，人生需要等待，唯有等待，才能让人生花开，唯有等待，才能让人生绽放。

很多父母会发现，孩子的成长有其自身的规律，有的时候，哪怕父母非常心急，在催促孩子，但是孩子实际上依然很慢。这不是孩子在拖延，而是因为孩子的成长总是需要一个过程。如果你曾经酿酒，你也会发现那些最美味的酒一定要经过长时间的发酵，才能更加香醇。记住，要想做好每一件事情，既要心急，也要耐心，只有把急迫与等待完美结合，我们才能得到更多的收获和最好的成长。

很久以前，有一只丑小鸭出生在鸭妈妈的窝棚里。它在破壳之前是一个很大的蛋，鸭妈妈也不知道这个蛋是不是它生的，在所有小鸭子都已经孵化出来之后，这个很大的蛋却没有动静。为此鸭妈妈很好奇，不知道将会从蛋壳里出来怎样的孩子，所以鸭妈妈一直耐心地孵化蛋。后来，一个丑小鸭终于从蛋中破壳而出，这只丑小鸭真的很丑，长得和其他鸭子都不一样，而且还很笨笨的。小鸭子们都不喜欢丑小鸭，把它从妈妈的窝棚里赶了出去。后来，丑小鸭四处流浪，它很伤心，不知道自己为什么长得这么丑。

有一天，丑小鸭看到天空中有一群漂亮的白天鹅飞过，它很羡慕这些白天鹅。就这样，度过了很长的时间，终于等到春暖花开。有一天，丑小鸭去冰雪消融的池塘里游泳，低下头来看的时候，突然发现自己美丽的身影倒映在湖水中，看起来漂亮极了。原来，它已经从丑小鸭变成了美丽的白天鹅。

如果没有等待的时光，丑小鸭永远也不知道自己原来是一只白天鹅。一直以来，《丑小鸭》的童话故事陪伴很多孩子度过了童年的时光。实际上，丑小鸭的深刻启迪意义，对于成人也同样适用。要想做好每一件事情，我们都要耐心等待。诸如广东人爱喝汤，那么就会知道靓汤是要煲出来的，而决不能用猛火大煮的方式。在这个世界上，万事万物都有自己发展的规律，我们一定要尊重事物本身的规律，才能有的放矢地把很多事情做好。

有一点是毋庸置疑的，即成功不会一蹴而就，我们必须学会等待，才能在努力付出之后，迎接成功的到来。古人云，“冰冻三尺非一日之寒，水滴石穿非一日之功”。只有不断地积累，事情才会发生质的改变，否则就会欲速而不达，反而因为急迫导致事与愿违。

在南美洲，有一种蟒蛇体型特别巨大，原本体型大是蛇类的优势，因为巨大的体型会让它们更加有力量。但是对于这种蟒蛇来说，体型太过巨大，就成为了它们的缺点，导致它们行动很缓慢，也给猎食带来了更大的难度。为此，这种蟒蛇只能潜伏在某一处，保持不动，等到猎物经过的时候再马上捕获猎物。不得不说，这是纯粹的守株待兔，蟒蛇常常在接连几天的时间里都捕捉不到猎物。但是它却不能移动，因为移动到其他的地方，也未必能够抓到猎物果腹，反而会降低等待的效率。蟒蛇一直在安静的等待着，等到猎物到来的时候，它就一跃而起，成功地把猎物吞咽到肚子里。

对于蟒蛇而言，这样的一动不动当然是被动的，但是结合蟒蛇的具体情况，这样的一动不动反而又是主动的，因为蟒蛇的体型太大，所以它只能以这样的方式来捕获猎物。所以等待是要根据每个生命个体的具体情况来决定的，而不要盲目等待，更不要不顾事情的实际情况就去选择等待。实际上蟒蛇看似一动不动，却每时每刻都在保持警觉。它的每一根神经都是绷紧的，正是因为等待不知道何时结束，所以它全神贯注的时间必须更加持久。为此，这种蟒蛇比起其他任何动物都更明白等待的重要性。

虽然蟒蛇的等待是守株待兔，但是对于我们而言，等待与守株待兔、无所事事截然不同。人生的等待要在辛苦耕耘之后，这样才能收获丰硕的果实；人生的等待也必须要根据形势随机应变，顺势而为，这样才能保持理性决策。记住，只有有所为，也有所不为，等待才能更加持久和长远，也才能更加努力奋进。学会了等待的人生不会因为仓促决定而变得被动，也不会因为盲目而变得悲观。

还有很多朋友抱怨命运不公，从来不给自己好运气，实际上等待与抓住机会之间也有很密切的关系。这是因为只有善于等待的人，才能时刻保持警醒，也才能始终做好抓住机会的准备。为此，让我们学会等待吧，只有等待，人生才会花开！

活出精彩，你的生命与众不同

每个人都是这个世界上独一无二的生命个体，因而每个人都是不可模仿、复制和超越的。我们固然羡慕成功者的成功，却无法把成功者的成功经验完全照搬到自己身上，同样的道理，我们的人生也是不可被模仿和超越的。想清楚这个道理，你还会盲目地重复他人的人生经验，也仿照他人的样子去生活吗？当然不会。记住，对于每个人而言，最大的成功就是活出自己的充实和精彩，让生命如同自己所期望的样子绽放。

每个人都有自己独特的一面，每个人都是不可复制、模仿和超越的。如今，很多人的审美都扭曲了，心灵也变得浮躁。尤其是很多年轻人，总是迫不及待想要改变自己，还有些人盲目追求整容，恨不得让自己变成明星同款。殊不知，命运自身既然没有安排你成为和明星一模一样的人，就是想给你别样的选择和安排，你又为何非要忤逆命运，让人生变得截然不同呢？人生中的很多事情的确是不可改变的，唯有顺应人生的发展，人生才会变得不同。

细心的人会发现，哪怕是出生时长得一模一样的双胞胎，实际上性格脾气也是完全不同的。每个人从出生开始就拥有自己的独特个性，或者内向，或者外向，或者沉默，或者张扬，总而言之，每个人都各具特点，有自己与众不同的特点。然而，随着不断地成长，在生活的磨砺中，他们才渐渐改变，棱角渐渐被磨平，人生也变得更平淡。尤其是如今的“填鸭式”教育，更是把很多孩子都变成了流水线作业上的产品，让孩子们失去个性，不得不说，这是非常可怕的，也是不利于孩子的天性和人格发展的。要想避免被同化，也需要付出惨重的代价，尤其是在大环境如此的情况下，更需要孩子们付出很多的辛苦和努力，抵御外界的一切，与此同时还需要父母放下教育焦虑，才能尽量做到培养孩子的个性。和孩子坚持自我相比，成人坚持自我则显得相对容易。所以如果成人发现自己失去了自我，也意识到保持个性的重要性，则一定要当机立断抵御外界的侵蚀，让自己活出最本真的样子，也真正收获人生的成功。

作为一名出租车司机的女儿，露西既没有显赫的家世背景，也没有良好的外形条件，但是她从小就梦想着成为一名歌星，期待着有朝一日能在舞台上绽放歌喉。好不容易到了初中阶段，路西终于得到机会在学校的舞台上公开表演，代表班级独唱。然而，露西失败了，因为当同学们看到她的龅牙，马上就忍不住哈哈大笑，而她也被同学们的嘲笑扰乱心绪，原本倒背如流的歌词瞬间忘得精光。

事后，露西伤心地哭泣了很久，她的好朋友莉莉对她说：“你为何要掩饰自己的大龅牙呢？每个人都有缺点和不足，而且有龅牙也不是你的错误。但是你拼命想要掩饰的滑稽样子，反而让你显得很可笑。你要相信你自己，当你真正无所顾忌地展开歌喉时，大家都会被你优美动听的歌声吸引，而完全忘记你的龅牙。”朋友的一番话开解了露西的心结，露西意识到掩饰的确让自己更加滑稽，因而当有机会再唱歌的时候，她不再做徒劳无功的挣扎，而是努力地展开歌喉。果然，同学们都惊叹道：“露西的歌声真美妙。”渐渐地，露西找到了人生的位置，再也不因为自己的龅牙而盲目苦恼了。最终，露西成为了不折不扣的歌星，而很多粉丝最喜欢的就是她的大龅牙。

对于露西而言，一味地掩饰反而更容易让她的缺点放大。最重要的是坦然面对自己的缺点，尽情绽放自己的优点，这样才能在人生的道路上拥有更好的发展和未来，也才能让自己的人生拥有与众不同的收获。

如果以短浅的目光来看，改变自己当然是很重要的，因为这样能够让自己随大流，不至于显得那么另类，也更有利于自己被他人所接纳。然而，从长期来看，一味地改变自己迎合他人并非明智之举，因为一个人如果完全把自己活成了他人的模样，还有什么意义呢！生命对于每个人而言，最大的意义就在于活出与众不同，活出精彩，这样才能让人生变得意义非凡。

可以随心所欲，但不要随波逐流

很多人都有“随大流”心理，虽然大多数情况下，跟随大多数人做事情，总不至于错得太离谱，但是也并不代表“随大流”就一定是正确的。

首先，别人都错，不代表你也可以错。经常站在行人道旁等红绿灯的人会发现，很多时候，明明是红灯，但是只要有一个人不守规则过了马路，大家就会全都不由分说地过马路。与此相反，如果没有一个人过马路，那么即使原本习惯于抢红灯过马路的人，也会站在那里等待绿灯亮了再走。根据交通部门统计，不管是行人、电动车还是机动车，因为抢过红灯导致的交通事故数不胜数。既然如此，为什么还有这么多人抢着过红灯呢？就是“从众”心理在作怪。很多人都认为，即使是一件错事，如果大家都去做，那么我也可以跟着做。殊不知，别人做错，不代表你也可以错。别人抢过红灯侥幸平安，不代表你抢过红灯不会出意外。所以，规则是用来遵守的，任何时候，都不应该盲目随波逐流。

其次，别人都做的事情，未必是正确的。生活是很复杂的，所以很多时候我们由于缺少经验和学识，常常无法判断某件事情。这个时候，我们就会看看别人是怎么做的。试问，你怎么知道他就一定知道怎么做是对的呢？你怎么确定他不是和你一样无知呢？你怎么知道他不是因为盲目自信才做出的选择呢？为什么很多时候我们宁愿相信别人，也不愿意相信自己？其实，当遇到事情不知道该如何决定的时候，最好的办法是不慌张，不忙乱，试着请教有经验的人，而不要盲目地学习别人的所作所为。任何时候，我们都要有自己的判断。因为盲从导致损失，心里会懊悔。如果是自己经过深入分析做出的决定，那么即使失败了，也能增长经验，无怨无悔。

朱朱是今年刚刚毕业的大学生，应聘来到这家二手房经纪公司工作。因为没有工作经验，所以朱朱需要学习很多东西。刚刚进入公司，他就被派去参加为期四天的新人培训。这四天，对于娇生惯养的朱朱来说，简直就像魔鬼训练营。首先，身体上遭受了极限的挑战，二十公里负重越野跑，让从睡梦中仓皇醒来的朱朱错以为自己当特种兵了。再说说学习，很多知识铺天盖地地砸过来，必须在四天时间内记熟。因为如果没有通过培训基地的考试，是无法办理入职手续的。对朱朱来说这是一个很大的挑战。

朱朱几乎是连滚带爬地过完了这四天，第五天到了，这也是通关考核的日子。很多专业术语和名词，朱朱还没记熟呢。无奈之下，他悄悄把几个重要知识点抄在一张纸上，放在了口袋里。他原本以为这样的入职考试会像大学考试一样，真真假假，老师睁一只眼闭一只眼就过去了。所以，看着几乎空白的试卷，他并不是很紧张。果不其然，考试过半的时候，他看到几个同学和他一样抓耳挠腮，不一会儿，还有人拿出了小纸条。朱朱观察了一会儿，看到监考老师并没有发现，因此也大着胆儿把口袋里的小纸条拿了出来。他刚刚哆哆嗦嗦地抄了一个知识点，监考老师就发现他了。

面对老师严厉的质疑，尤其是当听说作弊的学生永不录用之后，朱朱急了。他告诉老师："也有其他同学作弊啊，为什么只抓我？"监考老师看到朱朱这么说，更生气了，质问道："别人杀人你也跟着杀人吗？既然你说还有别人作弊，证据拿出来，一起开除，永不录用。"朱朱当然不可能有证据，就这样，他在同学们惊讶错愕的目光中，黯然离场。

朱朱就这样失去了大学毕业后的第一份工作，还是以这样的形式。从此以后，他再也不抱着侥幸心理随大流了。

别人错，不代表你也可以错。朱朱如果不是因为看到其他同学作弊，盲目从众，也许他的考试还能合格呢，那么，他现在也就不用继续处处碰壁地找工作，而是开始在工作岗位上奋斗了。

生活中，这样从众的现象还有很多。也有很多商家，利用人们的从众心理进行推广促销。例如，如果商场要推广一种电器，很有可能会雇佣一些托，让他们围绕在周围，从而吸引更多的人加入围观和购买的行列。对于从众心理，学者阿希曾经进行过专门的实验，实验结果正是，在被测试的人之中，没有发生从众行为的仅仅占到1/4至1/3。这些始终保持独立性的人，是非常少的。通常情况下，从众性强的人缺乏主见，很容易受到别人有意或者无意的心理暗示，而独立性强的人，往往有主见，不会轻易改变自己的想法。从众心理如果运用得当，就会为我们所用。如果运用不当，就会阻碍我们做出选择和判断。所以，不管什么时候，我们都应该相信自己。

冷静十分钟，再做决定

生活之中，后悔之事常常发生，但却没有卖后悔药的。所以，无数人痛哭流涕，悔不当初。其实，后悔的产生，无外乎是因为冲动。在冷静理智的情况下，人们往往能够静下心来分析事情的利弊，选择最合理的解决方案。往往在事情突发之时，人们被愤怒冲昏头脑，根本没有时间静下来思考，所以不加思索地做出反应，接下来就是满世界地找后悔药吃。

为了控制冲动，我们应该学会掌控自己的情绪。就像交通要道口写的标语一样：宁停三分，不抢一秒。同样的道理，不管发生什么事情，尤其是使我们愤怒的事，如果不是必须当机立断，一定不要马上做出反应。可以冷静十分钟之后再做决定，如果事情没有那么急迫，也可以过一个晚上再想想怎么做。这样一来，就不至于做出使自己后悔万分的事情。否则，一旦事情发生，即使再怎么后悔，也是无法挽回的。

2013年7月23日，在北京市大兴区旧宫镇庑殿路西侧公共交通车站科技路站附近，发生了一起摔死女童的恶劣事件。其实，这件事情的起因很平常，看起来完全不应该引起如此恶劣的后果。然而，正是因为当事人的冲动，才犯下了魔鬼都不能原谅的滔天罪行。

当天，被告人韩磊去事发地附近歌厅，到达之后，因为停车问题，与推着婴儿车的李某发生争执。当时，韩磊发现李某推着婴儿车妨碍他停车，因此下车走到李某面前，让其把婴儿车挪一挪。据韩磊所说，当时，李某以公交车站不让停车为由，没有及时挪车，而且态度很不友好。为此，韩磊与李某开始对骂，并且狠狠扇了李某一记耳光。在撕扯的过程中，李某没有站稳，把韩磊也拽倒在地。从地上爬起来后，韩磊怒火中烧，完全失去理智，就像疯了一样从李某推着的婴儿车里抓起婴儿摔在地上。

在庭审中公开的监控录像显示，整个事件发生的过程也就一分钟左右。在短短的时间里，韩磊成了杀人犯，李某失去了自己的孩子。如果韩磊能够短暂地思考一分钟，稚嫩的孩子也许就不会成为无辜的牺牲品。

在这个惨绝人寰的事件中，韩磊当然罪不可赦。然而，作为母亲，李某的行为也难免让人扼腕叹息。不可否认的是，事发当时，如果推着婴儿的母亲能够少与韩磊争执两句，也许喝醉酒的韩磊就不会那么突然地爆发。很多时候，社会负能量积压，我们无法与每一个言行不正常的人争个子丑寅卯，其实，当危险突然而至，最重要的是保护自己和孩子。事例中的母亲，在余下的生命中也许都将很难原谅自己。当然，如果韩磊在喝醉酒依然有理智的情况下，没有做出这么冲动的举动，也不会让一个小生命突然逝去，并且同时葬送了自己的一生。总而言之，都是冲动惹的祸。

其实，冲动这个魔鬼住在我们每个人的心里。它伺机而动，恨不得抓住一切机会让我们成为它的奴隶。古人云，“三思而后行”，也是因为这个道理。很多时候，虽然我们在冲动之下没有做出无法挽回的事情，而只是说了一些不该说的话，后果也是非常严重的。试想，如果你有一个闺中好友，只因为有一天你误会她与你的男朋友接近，就口不择言地说了很多难听的话，自此，你失去了这个闺密，后来却发现她只是在叮嘱你的男朋友好好爱你。很多事情，我们看到的未必是真的，我们听到的也有可能是谎言。既然我们不是明察秋毫的福尔摩斯，我们就应该给予真相一段时间去还原。无论如何，不要轻易种下怨恨的种子，否则就一辈子都生活在懊悔之中。

最大的仇敌，莫过于自己的欲望

在现实生活中，很多人之所以犯错，或者是因为无知，或者是因为邪恶，不过还有相当一部分人犯错只是因为控制不住自己的欲望，遭受了小小的诱惑。虽然诱惑很小，但是一旦被欲望驱使着做出错误的事情，也还是会对我们的人生形成一定的影响。很多人都说，只有能够控制欲望的人才能成为真正的强者，我们也要说，真正的强者不但能够控制住大的欲望，也能控制住自己的小小欲望。如果一个人能够坚持拒绝小欲望的诱惑，那么他就会在一次又一次的坚定之中变得意志如钢，也就不容易再被小欲望降服了。

婴儿从呱呱坠地开始，只有母乳才是诱惑。然而随着年岁增长，婴儿渐渐长大，面对的欲望也越来越多。喜欢甜味是人的本性使然，所以很多孩子都对于糖果的诱惑毫无抵抗力。曾经有一位心理学家用糖果来考验孩子们对于诱惑的抵制能力，结果有很多孩子都没有经受住诱惑，拆开了糖果。其实，别说孩子了，有相当多的成年人也对甜食情有独钟。然而，糖虽然能够给我们提供能量和热量，一旦饮食过量，也会给我们的身体健康带来损害。诸如摄入糖分过多，就会导致发胖，甚至形成高血糖等，给我们的生活带来困扰。

在20世纪七八十年代，人们的精神生活匮乏，很多人都爱好集邮。在邮局工作的华民也喜欢集邮，他还曾经用自己一个月的工资买了几本非常好的集邮册呢！不过，只靠自己的书信往来，显然难以集到更多的邮票。为此，华民经常向同学、邻居、同事、朋友、亲戚等身边一切能攀上关系的人讨要邮票。当然，前提是那些人不集邮，才会把邮票送给华民。

一个偶然的机会，华民突然看到自己负责派发的一封信上有一张非常珍稀的邮票。刚开始时，他以为自己看错了，后来才发现这的确是一张珍稀邮票。华民怦然心动，要知道这枚邮票非但价值不菲，而且市面上根本没有，哪怕花钱也买不到呢！想到这里，他撕下了邮票，然后把信放到收件人的信箱里，就仓皇而逃了。毋庸置疑，没有人会把那样一张珍贵的邮票随便当成普通邮票贴在信封上寄出去，实际上那是发件人寄给未婚妻的珍贵礼物，只不过觉得以这样的方式会带给未婚妻惊喜而已。果然，当天下午，收件人就到邮局来找人了，华民眼看搪塞不过去，所以只得把邮票交出来。当然，这件事情也给华民带来了负面影响，时刻为他敲响警钟，让他恪守职业道德，不要因为兴趣爱好就犯错误。后来，华民果然变得非常恪尽职守，从未再因为类似的原因犯过错误。

因为喜欢收集邮票，在邮局工作的华民居然私自撕下了他人信封上的邮票据为已有，还被收件人找上门来。其实，生活中这样的诱惑很多，几乎随处可见。例如，有些人很喜欢喝酒，迷恋醉酒微醺的感觉，为此他们总是没事就小酌几杯，渐渐有了酒瘾，最终饮酒贪杯耽误了正事，也影响了正常生活。在这种情况下，必须时刻控制自已，才能杜绝再次喝酒。如果这个人能够迈过这道坎，对于诱惑抵抗力会大大增强。生活中面对诱惑是正常的，尤其是很多诱惑都以糖衣炮弹的形式出现，就更容易让人麻痹。在这种情况下，我们一定要坚决成为欲望的主人，不受欲望的驱使，从而变得更加坚定不移。

人生漫漫，不可能只有快乐和幸福，也会有小小欲望的叨扰。虽然长大成人不再迷恋糖果的小小诱惑，但是人生中也会有其他的很多诱惑存在，尤其是很多时候生活中会出现糖衣炮弹，迷惑我们的眼睛，扰乱我们的心智。我们还需时刻保持警惕，才能远离糖衣炮弹的攻击。

第3章

实现梦想需要很多步，而你必须踏实走好每一步

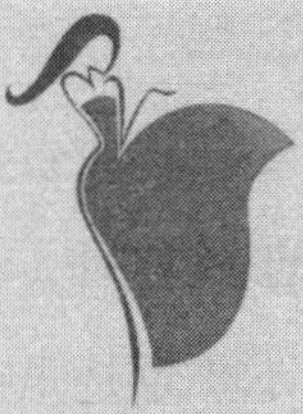

梦想与现实距离多远，想来应该是漫步走过泥泞与荆棘，路过草地与花园，经历一路的风雨与彩虹，才能抵达梦想。通往梦想的路途，我们需要踏实走好每一步，才能把梦想变现实。

人生总是一步一个脚印前进

每个人在人生之中都会遭遇各种各样的磨难和坎坷，无论命运赐予什么，我们都应该停止抱怨，因为抱怨非但于事无补，还会导致事情变得更加糟糕。甚至在花费宝贵的时间和精力用于抱怨时，我们还要费尽心机掌握解决问题的最佳时机。所以不要总是觉得这个世界永远亏欠着你什么，也不要总是觉得别人对你问心有愧。生活中，既有顺境，也有逆境。如果你自己觉得生活苦不堪言，也觉得人生失去了希望，那么就一定要调整好自己，才能让自己更加优秀和杰出。在每个人的人生中，所受的一切苦难都是成长的土壤，也是成长的最佳时机。如果你能抓住苦难的机会，在危难当头的时候，勇敢地拔高自己，那么相信你就会成为真正的人生强者。需要注意的是，很多人都喜欢把人生不如意的原因归结到外界，却很少反思自己是否真的已经尽力，是否真的把事情做得恰好好处。他们或者抱怨造化弄人，或者抱怨生活缺乏公平，自己抓到了一手糟糕不已的烂牌。甚至还有的年轻人怨恨自己的父亲不是实力雄厚的马云，实际上父亲是不是马云又有什么关系呢？因为马云的父亲就是一个普普通通的人，根本没有为儿子的成功提供任何额外的帮助。作为父亲，只要能够对儿子的成长尽到责任和义务，就已经足够了。作为子女，我们完全没有理由要求父母为自己提供额外帮助和支持。要知道，人生把握在我们自己手中，只有内心坚强向上，我们的人生才会绽放光彩。否则，哪怕我们觉得整个世界都欠了自己很多，也并不会得到补偿，反而会在抱怨中失去人生的机会。

对于任何人而言，都没有必要抱怨命运，更不应该总是把怨恨二字挂在嘴边。在这个世界上，除了父母能够全心全意、无怨无悔地为我们付出之外，没有任何人欠着我们什么，也没有任何人有义务对我们言听计从、不计后果地付出。作为这个世界上最爱我们的人，父母也没有理由对我们无条件服从。人生就像是一盘棋局，唯有能够做到步步为营，脚踏实地，才能一步一步走好人生的每一步，才能在与生活的博弈中占据优势，享有胜算。

作为一个普通得不能再普通的女孩，小玲实在是没有什么过人之处。然而，她恰恰成为了一家公司的董事长夫人。很多人都羡慕小玲，却不知道小玲是如何得到这一切的。其实小林根本不知道自己的丈夫马波有一天会出人头地，事业有成，成为董事长。在最初决定与马波在一起的时候，马波还不是董事长，而只是一个一穷二白的小伙子。很多姑娘都看不上那个时候的马波，因为他实在是太贫穷了。马波的家在农村，在这个城市没有任何支持和支援，只能依靠自己微薄的力量勉强为生。小玲之所以能够看上马波，是因为马波为人本分，不但孝顺父母，而且也很疼爱她。就这样，在一段时间的相处之后，小玲义无反顾地嫁给了马波。他们住在父母给小玲买的小公寓，从此开始了幸福快乐的生活。

成家立业之后，马波的事业心特别强，他知道自己不能辜负小玲的期望，也知道自己一定要兑现承诺，给小玲安稳的生活。为此，在小玲怀孕之后，马波就让小玲辞职在家安心养胎，等待孩子出生抚养孩子，而自己则每天奔波劳累在外面打拼。在经历了几年的打工生涯之后，马波决定成立公司。虽然公司成立之初非常艰难，但是马波却摇身一变成为老总。可想而知，马波生活的层次发生了巨大的改变，他的身边都是老板级别的人物，而马波不管事业发展得多么好，始终都说自己不能做任何对不起老婆的事情，甚至连逢场作戏他也不愿意。在与人应酬的时候，马波愿意花钱给客户和合作伙伴消费，自己却“守身如玉”。他总是认真地说：“即使逢场作戏，我也不能对不起自己的老婆。”在这样一个充满诱惑的环境中，马波始终坚守原则，这么多年来始终把小玲当作自己手心里的宝，从来不敢超越雷池半步。

一边是马波经常要面对的诱惑，一边是小玲的朋友们总是逗弄小玲。她们半真半假对小玲说：“你老公现在可成了真正的钻石老公，你必须小心啊，现在的那些小姑娘可是如狼似虎，尤其是看到你老公这样的成功人士恨不得马上就将其据为己有。”小玲对此毫不担心，她很信任自己的丈夫，也对自己有充足的自信。她总是说：“我尽管长相普通，但是却出得厅堂下得厨房，而且还能写的一手好文章。最重要的是我把儿子教养得那么好，把父母供养得心满意足，他有什么理由要背叛我呢？那些小姑娘只是年轻漂亮罢了，难道能和我一样知冷知热、尊老爱幼吗？”对于小玲的说辞，大家都不以为然，因为现在很多男人都不懂珍惜，根本不管自己的老婆在家里多么辛苦和操劳，而在外面花天酒地。然而，不管朋友们怎么说，小玲始终保持淡然。她对马波并非完全依赖，虽然这些年辞职在家，但是却始终坚持工作。她不但经济上完全独立，而且人格上也很独立。作为一个有才情的女人，她常常会在闲暇无事的时候，就写几篇文章发表，惹得马波还总是骄傲地向别人介绍小玲是专栏作家呢！只有真正自立自强的女人，才能赢得丈夫的尊重与深爱。

事例中，小玲之所以能够成功，在于她从未放弃自己。她每走一步都踏踏实实留下脚印，所以才能在人生的道路上有所收获。此外，小玲完全符合贤妻良母的标准，现在社会很多年轻人都不愿意孝顺父母和公婆，小玲则不然，哪怕是在丈夫最艰难困苦的时候，她也依然对公婆奉若高堂。这样一来，马波如何能够忘记小玲的付出呢？成功从来不是一蹴而就的，要想获得成功，每个人都要在人生中有所付出，才能有更好的收获。就像如今很多女孩都希望能够找到有钱人嫁了，却不知道豪门深似海，当女孩贪图别人的钱财，那么在进入别人的生活之后也必然缺乏地位。真正的女人不一定要当女强人，但是却应该保持自己的经济和人格独立，这样才能像舒婷在《致橡树》中所说的那样，以树的姿态与所爱的人比肩而立。

在这个世界上，从来没有天上掉馅饼的好事，也没有一蹴而就的成功。每个人在人生之中都应该脚踏实地，竭尽全力去拼搏和努力，才能让人生有更美好的未来。唯有如此，人生才是更从容坦荡的，也才能真正找寻到通往成功的道路。

目标和计划是梦想的助推器

众所周知，每个人在通往成功的道路上都需要计划的指引，才能坚持正确的方向，始终不遗余力，努力奋进。现实生活中，很多人确立目标之后总是很迷惘，不知道自己该做些什么才能距离成功更近。然而，如果持续迷惘下去，只会白白荒废好时光，而且每个人也会距离梦想越发遥远，实现梦想遥遥无期。从这个角度来说，制定目标之后，最重要的在于有计划，从而才能按部就班实现人生目标。

在具体可行的计划指导下，实现目标就变得更加指日可待，也更具有现实意义。任何情况下，实现人生的计划都是至关重要的，对于一个大的目标，人们必然觉得难以下手，而唯有把目标变成切实可行的计划，才能更具有指导性，也才能具有现实的意义。这就像是一个人面对着万里长征的路途，如果让他用脚步去丈量，他一定会感到非常畏惧，甚至战战兢兢。然而，当年那么多红军战士过草地，爬雪山，走过了漫长的长征旅程，就是一步一步走过来的。

如果只有远大目标，就会使人觉得迷惘，找不到具体的方向。唯有在目标的指引下确定方向，才能更加坚定不移、奋勇向前。哪怕往前的每一步都举步维艰，但是却能让人感到踏实，人们也会因为一步一个脚印，每一步都能切实得到收获而拥有成就感，觉得人生因此有了希望和未来。

总而言之，计划是实现伟大目标的助推器，也能为人生提供源源不断的动力。细心的人会发现，每一个拥有伟大的成就的人，都是拥有积极心态的。古往今来，成功的人士也许没有特殊的天赋，但是一定拥有顽强的毅力，也能够在计划的指引下让自己不断努力，坚持奋进。计划还有一个很微妙的作用，那就是能把远大目标进行划分，从而使其成为一个个切实可行的小目标，这样一来，计划就能够得以按部就班地实现。

当然，要想让计划成为梦想的助推器，仅仅有着远大目标和计划还是远远不够的。首先，计划要符合实际情况，如果计划脱离实际，根本没有实现的可能性。其次，计划还应该以一定的仪式宣告或者是写下来。不管是把计划告知他人，还是把计划以文字的方式书写下来，都能让计划对我们的约束力量更强大，也能让计划对我们起到激励和鞭策作用，从而让计划更切实有效，也能得以实现。

每个人都需要一个指导自己的计划，成功者如此，普通人更是如此。朋友们，如果你们迄今为止还没有为自己制定计划，那么就赶紧明确目标，制定计划吧。此外，还需要注意的是，计划一定要详尽周密。人人都知道人生是不可浪费的，尤其是时间非常珍贵，那么就要争分夺秒，这样才能不断完善计划，也让人生拥有更强大的力量和更多的可能性。

在逐步完成计划的过程中，我们还应该意识到，计划必须不断推进，才能起到积极有效的效果。对于计划的不断实现也要主动从容，而不要紧张局促。在实现计划到达一定的步骤之后，还要及时记录，从而对自己的成就心中有数，也能够及时有效地以这样的小小成就激励自己不断努力，再接再厉。总而言之，对于一个梦想着成功的人而言，在确定目标之后，用心地制定计划是必不可少的，也能帮助我们更加平稳地走向成功，收获丰满。

与其羡慕，不如努力

生活中，我们总是羡慕那些成功者，觉得他们看起来光环加身，命运似乎总是特别偏爱他们，让他们轻而易举就能得到自己梦想的一切。然而，实际上这些成功者不但不比普通人更顺遂，甚至遭遇了比普通人更多的磨难，他们之所以能够获得成功，是因为他们从困境中挣脱出来，超越了自我，所以才能拥有与众不同的人生。

现代人总是把羡慕妒忌与恨联系在一起，由此可见羡慕的情绪并不纯粹是对他人的艳羡，而有可能夹杂着妒忌与恨的情绪。从心理学的角度而言，羡慕不是一种积极的情绪，反而有可能引起负面的影响，所以只通过羡慕我们并不能得到自己想要的一切，与其花费宝贵的时间去羡慕他人，我们还不如努力提升自己，让自己变得更加坚强。常言道，一份耕耘一份收获，有的时候付出未必能有收获，但是不付出却一定毫无所获。既然如此，我们为何不努力付出，从而让自己拥有更多的可能呢？

你不可能靠羡慕就获得自己想要的一切，所以你必须从现在开始就奋发图强，真正迈出人生的第一步。这样你才能在不断努力和尝试的过程中给自己寻找更多成功的可能，否则你就会遭遇失败的人生，甚至终生碌碌无为。当然，既然羡慕不能让人得到一切，我们就应该摆正自己的心态。很多人在小有成就之后，总是肆无忌惮地炫耀自己，殊不知招来别人的羡慕，也同时招来别人妒忌和恨，对于自己并没有一点点的好处。无论如何，生活都是自己的，不论过得好与坏，我们都要独自去承担，至于他人是羡慕我们的生活还是鄙视我们的生活，对于我们来说并没有那么重要的意义。与其把时间和精力白白浪费，我们不如全心全意过好自己的日子，这才是对自己负责的人生态度。

乔乔非常羡慕静静现在的生活，她对于静静的一切都非常羡慕。尤其是在春节假期静静带着一家三口回家的时候，乔乔更加羡慕静静能够衣锦还乡。因此，乔乔对于自己的生活越来越不满意，她知道自己一生都要过这样的日子，在学校和家之间两点一线，她也知道自己如果不能改变，那么就只能接受现实。思忖良久，乔乔还是无法鼓起勇气做出决定，因为她已经习惯了现在颓废的生活，也怕自己没有足够的力量出去打拼。

看到乔乔这么痛苦的样子，静静直截了当地说："你如果羡慕我的生活，你就马上改变，毕竟你现在只有三十出头，还可以努力去打拼。如果你只是一味地羡慕，而不做出任何改变，那么等到十年之后，你已经四十多岁，年近五十，你的一生就真的彻底定型了。"在静静的激励下，乔乔最终痛下决心辞掉工作，为了避免父母阻止，她还瞒着父母，直到背着行囊到达静静所在的城市，她才给父母打电话报了平安。当然乔乔并不是盲目这么做的，她已经和爱人商量好，等到她站稳脚跟安顿下来，爱人也会辞掉工作带着孩子来投奔她，一家三口在大城市团圆。

初来乍到陌生的地方，幸好有静静照顾，否则乔乔真觉得自己应付不来吃饭和住宿的问题。尤其是看到街边的小广告，乔乔得知每个月的房租都要几千，因而更加感激静静。静静对乔乔说："我可不会一直收留你，我只能收留你一个月。在这一个月的时间里，你每天都要四处奔波找到工作，一旦工作的问题确定下来，你就从我家搬出去过自己的生活。"乔乔说："当然。你能给我一个月的时间，我已经非常感激了，至少我不会在熟悉这个城市之前露宿街头。可想而知，当初你自己来到这个城市是多么艰难。你是我的先锋，所以我现在才能这么踏踏实实的、有吃有住的。"几年之后，乔乔度过了人生中最艰难的时刻。她总是感谢静静："是你让我拥有了如此充实的生活，我现在觉得在老家度过的十年，简直就是在浪费人生。"当然，大城市的生活虽然精彩，压力也很大，乔乔和老公不得不每天都很辛苦地工作，才能维持家庭的开销。然而乔乔觉得一切都是值得的，毕竟她的孩子现在可以在大城市生活，眼界开阔，也得到了更好的教育和医疗的机会。

常言道，树挪死，人挪活，对于每个人而言，人生不可能永远钉在一个地方。要想看到不同的风景，体会不同的精彩，人们就要努力让自己活泛起来，这样才能不断进步。事例中的乔乔，如果不是在静静的鼓励下勇敢地辞掉工作，那么她的一生也许都要在家乡的小县城里度过，生活在方圆十几里的范围内。幸好乔乔还算是有决心的，她能够勇敢地做出决定，迈出人生中关键的一步，从而让人生变得不同。

一味地空想就像白日梦一样，哪怕是每分每秒都在幻想，也并不能真正改变什么。一个人要想真正掌控自己的命运，主宰自己的人生，就要当机立断马上做出行动，这样才能最大限度发挥自身的能力，也才能知道人生有多少可能。有的时候，生命中的机会转瞬即逝，一味地牢骚和等待并不能抓住机会，唯有随时做好准备在机会到来时抓住机会，才能让人生变得大不相同。

快乐是流淌自心底的清泉

每个人对于人生都有自己的渴望和憧憬，也都有自己的生活方式。虽然人人都把幸福快乐作为人生的终极目标，但是快乐对于每个人而言都有不同的诠释。有的人觉得快乐很简单，心安然，就能快乐；有的人觉得快乐很复杂，唯有满足人生中各种各样的欲望，才能获得快乐。实际上，真正的快乐是按照自己的方式去生活，也能够始终牢记自己的本心，不忘初心。快乐是一个人真正发自内心的情感，也是人性本能的表达。真正的快乐是流淌自心底的清泉，不会因为外界的客观事物所控制和左右。

很多人尤其看重物质和金钱，觉得人生只有拥有物质，才能获得满足，而把精神生活放在次要的地位。实际上，一个人要想真正获得幸福，就要拥有丰富的精神世界。归根结底，心态消极沮丧的人非但无法得到幸福，反而会遭到幸福的抛弃，但是自己却无知无觉。所以人们常说，心态决定性格，性格决定命运，而我们也可以说，心态决定了一个人是否能够获得幸福。

在人生之中，无数人都在询问幸福在哪里。正如一首歌里唱的，幸福就在那晶莹的汗水里。一个人只有努力奋斗，拥有自己的生活方式，也竭尽所能奔向人生的理想和目标，才能真正获得幸福。幸福并不像很多人所想的那样，必须住着豪宅开着豪车，而也可以是饥饿时的一碗热汤面，是口渴时的一杯白开水。人对于生活的需求实际上很简单，哪怕有再大的房子，睡觉也只占半张床，所以衣食住行的满足，实际上就是人的满足。遗憾的是，现代社会有太多人都沉浸在无底深渊一样的欲望中无法自拔，渐渐地忘却了初心，也迷失了人生的方向。

唯有确定人生的方向，我们才能怀有坦然的心态。心态决定幸福，也决定人面对人生的态度。曾经有哲学家说，生活是思想的雕塑，由此可见，一念天堂在人生中绝非是虚妄的话。虽然我们无法改变客观存在的外部环境，但是却可以调整自己的心态，整理自己的思想，从而把人生经营得更好。从本质上而言，幸福是我们对生活的一切感到满足，这实际上是主观的满足感在控制我们，因而我们通过调整心态就可以决定人生是否幸福。

当然，在喧嚣浮躁的现代社会，我们也要保持淡然，坚守自己的内心，而不要人云亦云。记住，摆脱人生不幸的唯一方式，就是振奋精神，就是让积极乐观充满内心，从而让自己精神振奋地面对人生的不如意，也斗志昂扬地战胜人生的重重困难。

谁的人生都经不起放纵

人生不如意十之八九，在生命的历程中，很多人都对于人生不那么满意，甚至因为在人生中遭遇困境和磨难，而对人生采取放任自流的态度。殊不知，幸福的人生都是相似的，不幸的人生却各有各的不幸。任何时候，我们都要坚持在生命的历程中有更好的表现，也要全力以赴经营好人生，绝不轻易放弃，这样才能扼住命运的咽喉。伟大的音乐家贝多芬创造的《命运交响曲》打动了无数人的心，而实际上，贝多芬的一生充满了坎坷，甚至在晚年的时候失去了听力。对于一个进行音乐创作的人而言，失去了听力，可想而知意味着什么，但是贝多芬没有气馁，而是更加努力向前，坚持创作。在这样的情况下，他创作了《命运交响曲》，赢得了无数人的尊重和热爱。试想一下，如果贝多芬在失聪之后就放弃进行音乐创作，他的人生就会戛然而止，未来也就不可能有伟大的成就。

古往今来，无数伟大的人之所以能够取得了不起的成就，就是因为他们在面对人生的各种厄运时，始终坚持不放弃，始终在与命运抗争。只有扼住命运的咽喉，我们才能真正主宰命运，只有在生命的历程中绝不放弃，我们才能驾驭人生。俗话说，生命不息，奋斗不止，对于每个人而言，生命的机会都只有一次，不会重来，也不可逆转，更没有彩排。为此，要想活出个样子给自己看，我们就必须管理好自己，在任何情况下都始终坚持，决不放弃和懈怠，这样才能让自己在生命的历程中有更出色的表现，也有出类拔萃的成就。

看到这里，也许有些朋友会说。我的人生我做主，我有权利决定自己如何生活，也有权利决定自己要度过怎样的人生。的确如此，每个人都是这个世界上独一无二的生命个体，每个人对于成功都有自己的憧憬和渴望。成功从来不需要别人去下定义，也不要去模仿别人或者传承谁的理想、志向，成功只为自己。哪怕是很小的孩子，也是一个独立的生命体，他们尽管因着父母来到这个世界上，在父母的精心照顾下生活，但是却并不依附于父母，也不是父母的私有物。孩子有权利选择自己想要的人生，也有自由在生命的旅程中翱翔。一个人可以去云南的一个边陲小镇过闲云野鹤的生活，也可以在大城市里每日如同旋转不停的陀螺一样打拼，这都是他自己的选择，与别人没有关系。但是有一点可以肯定的，不管是选择安逸舒适的生活，还是选择在江湖上行走，每个人都不是完全孤立存在的，而是在人群中生活的，为此所有的言行举止都要符合法律的规定，也不要违背道德和良知。

近几年来，明星因为吸毒被抓住的事情发生了好几起。不得不说，和普通人相比，明星是公众人物，受到更多的监督，而且也因为有很多的财富，导致有一些明星会肆意放纵自己。明星有钱也是辛苦赚来的，但是一旦涉及到吸毒，危害社会的公共安全，那么就会受到粉丝们的强烈抵触，也会被社会所谴责。2018年，娱乐圈中的一件大事就是自称是豪门的“范爷”因为偷税漏税而被查处，并且付出了八个多亿的天价罚款。仅仅是罚款就这么多钱，这让不明真相的吃瓜群众们着实激动了一把：范爷真有钱，难怪自称是豪门，罚款都这么多；范爷这下次估计不再是豪门了，罚款八个多亿后，她还有流动资金来周转吗？不得不说，我们都是咸吃萝卜淡操心，说不定范爷已经挣够了钱，为此想要就此隐退，享受退休生活呢？在西方国家，别说是作为明星和公众人物，就算是普通百姓，对于交税这件事情也是看得很重的。

一个人真正的价值不在于创造或者拥有多少财富，而在于不被金钱奴役，反而能够驾驭金钱为自己的人生增光添彩。巴菲特、盖茨等人，在有了大量财富之后，不但足额交税，而且还会拿出大量金钱来帮助世界上那些需要帮助的人。他们的慈善事业发展到全世界，而没有局限在自己的国家，这就是他们人生大格局的表现。不得不说，自称是豪门的范爷，与这些世界顶级富豪之间有着巨大的差距，所以才会做出截然不同的事情。

生命的时光是很宝贵的，如果平白无故地浪费时光，就会导致人生悄然流逝，却没有取得应有的成果和收获。只有珍惜宝贵的生命时光，只有争分夺秒，把每一分钟每一秒钟都用在该用的地方，我们才能更从容地面对人生，才能真正主宰和驾驭自己。除了吸毒和偷税漏税之外，人生中的很多事情都会成瘾，而一旦成瘾就意味着对自己失去控制。众所周知，适量喝酒可以促进身体的血液循环，让身体更健康，然而，有些人偏偏嗜酒，导致自己每天都迷迷糊糊的，甚至神思不清。这样一来，不但给自己的身体造成严重的伤害，也会给身边的人带来困扰和伤害。这样放纵的人生，常常会导致人们彻底毁灭。

从生理的角度而言，每个人只需要很少的物质就可以维持生命的正常运转，但是偏偏有很多人都会对生命有更多的欲望，为此也导致自己陷入欲望的深渊。要想主宰和驾驭人生，我们就要坚持极简的生活方式，懂得约束和控制自己，也要合理降低欲望，从而把更多的时间和精力用在该用的地方，让自己的人生更加充实而有意义。人生经不起挥霍，哪怕是对于一个孩子来说，生命的时光也同样宝贵且值得珍惜，因此我们绝不要在人生中放纵，而是要管理好自己，让自己成为自己理性的上帝。

没那个天赋，就用努力换成功

曾经，我们的朋友圈里都被这样的一条新闻刷了屏："刘德华突然失声，宣布中途结束演唱会。"我被这条新闻吸引了关注，想要一探究竟。了解了来龙去脉，我被刘德华拼命的精神所感动，也为他中途无奈放弃的结局而唏嘘。

我不清楚到底是什么样的原因和态度，让刘德华在57岁的高龄，在医生百般劝阻他停止演唱的情况之下，还是坚持计划了20场的演唱会。原本华仔的计划是，首站香港，20天内完成20场演唱会。这样的安排无疑是让广大华仔粉丝欣喜的，于是，开售的演唱会场场爆满，无一空缺。然而不成想，在第14场途中，刘德华站在舞台中间，在半空中对着上万的观众，不断抹泪，不停道歉，深深鞠躬。直到演唱到第3首歌《如果有一天》的时候，他突然失声，最终不得不选择中途终止了演唱会。

在前面的某场演唱会上，刘德华和台下的歌迷们打趣道："我都老了，你们还没老啊。"演唱会结束的时候，歌迷们久久不愿离场，刘德华就在舞台上躺着和大家撒起了娇："我已经五十多岁啦，已经比不了你们那么厉害啦……你们实在是太厉害啦……"

演唱停止后，歌迷们说宁可加钱也不想走，于是刘德华在台上说要跟所有人一起通宵。只是，现年57岁的他，真的是有些受不住了。刘德华站在舞台中央，泪流满面，声音嘶哑哽咽：“大家听到我唱歌的声音，也知道我没有好好照顾好自己的身体，其实刚刚医生也叫我最好不要再继续唱下去，但是我真的舍不得。但是没有办法了，我真的不想这样。不想大家全晚听着我这样的声音，所以我唱完这首歌，今晚的演唱会就要停止了。之后的工作，我会慢慢交代，我希望能够尽自己最大的努力完成这首歌。只要你们仍然想着我，我将来一定还会再唱给你们听。今天真的唱不了了，不好意思。”听着四周到处传来的加油声，刘德华擦了擦眼泪，继续说道：“我希望尽最大努力完成这首歌。”妻子朱丽倩在台下站起来为他加油打气，台下的一众歌迷还没从突发状况的恍惚中缓过神来，却也都一边说着“没关系”，一边红了眼眶。此情此景，那个出道了几十年，却还在一直拼命的刘德华，让人不能再心疼。

或许有人说，这么大年纪还出来安排这么多场演唱会，还不是为了出来圈更多的钱吗？诚然，有经济方面的因素，但我想，以刘德华今时今日的身份和身家，一定不用如此为难自己。想来，刘德华从来都不是什么天才型的人啊，就在20世纪80年代末，刘德华初出茅庐开始拍戏的时候，能接到的也都是一些“跑龙套”的小角色。那个时候的他很想唱歌，却经常被人批评“没那个天赋”。奈何，谁也挡不住他的“厚脸皮”和那一份决心——他从不会放弃任何一个能够让他表现自己的机会。

有一次，他跟林子祥等一众明星合作拍戏的时候，逮住一个空档，就主动站起来说："我给大家唱首歌吧。"要知道，林子祥可是当时乐坛大哥大一样的人物，刘德华这一个新人却敢当着他的面要求献唱，这不是班门弄斧吗？刘德华说："我就唱两首歌，你给我指点指点，提提意见吧。"结果是，他真的唱得很烂，在场的人全都笑了，笑他的不自量力，笑他的自取其辱。没想到，林子祥却说："我觉得你嗓音蛮特别的，之后可以常来我的录音棚玩一玩。"就这样，在歌唱这条路上，刘德华遇到过这样那样的艰难困阻，但这些从来都没有成为阻碍他继续下去的理由，他还是照样"厚脸皮"地寻找着一切能够让自己进步和获益的机会。后来，谭咏麟对他说："你要唱歌，就得付出比我更多的努力。"香港"音乐教父"戴思聪告诉他："你不会是第一名，但我相信你会是个好学生。"他跟着戴思聪学习，嗓音不好，就发掘特色；音准不对，就一遍遍地唱，一遍遍地磨炼校正。

后来，刘德华开始自己写歌词，一开始，他就被作词大师黄沾当众大骂"狗屁不通"，而这一骂就是三年。很难想象，华仔是如何坚持下来的，而结果就是，他做到了。终于，几年之后的某一天，再次见到黄沾的时候，华仔有点委屈的说："你不要那么用力地骂我，好吗？"而黄沾这时却说："不要放弃，人都会进步的，我骂了你三年，但是现在我已经不想骂你了，因为你现在的作品，我能听懂了。"终于，九零年的一曲《再会了》，让这个“永远都不是第一名”的学生，拿下了最受欢迎男歌手奖。之后的《忘情水》《爱你一万年》造成了多大的轰动自不必再多说。

刘德华说：“行内的人都知道，我从来没有说过自己是天才，只要是我认为要做的事情，我就会死命地去做，仅此而已。”确实，不论是哪位成功人士，当你向他们询问何为成功秘笈的时候，他们的回答总是出奇得一致——幸运加上努力。

我们的生活其实就是一条永远向前的河流，身处其中的我们实在无需频频回首昨日，更不必把空想都寄托在明天。只有脚踏实地过好今天，找准自己的目标，向着这个目标一步步前进，脚踏实地去走好当下的每一步，才有可能在未来一路欣然。我知道，遇到挫折的时候，我们总是会很容易悲观，总是会觉得自己不管怎么努力，还是到达不了梦想的彼岸。但其实，人生对于任何人都是一样的，没有捷径，不管你的起点在哪里，总是会有你需要面对的那些问题，那些困扰，并且只有自己真正经历才能得到解决。就像是昨日的刘德华，已经获得了你我眼中如此巨大的成就，也还是会经历诸多的无可奈何。因此，努力的路上不要觊觎别处的精彩，更不要分心让自己摔倒。其实你只管走好自己脚下的路，剩下的交给未来，你自不会差。

第4章 如果你想要某样东西，就要全力以赴去争取

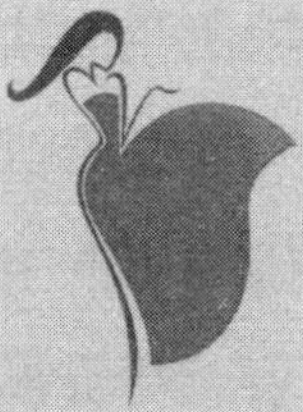

人们总是很迷茫，经常询问别人自己该怎么做。然而，他们浑然忘记了，自己的人生要自己决定。生活中，许多人对自己的选择并不完全确定，看着身边人的行为，他们很容易犹豫不决。但是，人这一生如此短暂，想做的事情那么多，如果我们想要某件东西，就要全力以赴地去争取。

不忘初心，回归最初的正确轨道

作为伟大的美国文学家，爱默生曾经说过，一个人如果知道自己人生的目的地在哪里，并且为此一往无前，那么就连整个世界都会给他让路。这句话使人觉得意味深长，是因为它为我们揭示了人生的道理，也告诉我们要以怎样的方式与人生相处。生活中有很多人之所以总是与失败纠缠，人生碌碌无为，并非是他们在天赋和技能方面不如他人，而是他们不知道自己的目标和方向。这就像是一艘船茫然地在大海上航行，如果不知道目的地，那么它最终会随波逐流，进入茫茫大海的深处，甚至完全迷失，无法再从大海中驶到岸边。目标和方向是人生的引航灯，在目标和方向的指引下，哪怕我们此时此刻面对人生不知所踪，也总能够不忘初心，在让自己回归到最初的正确轨道上。

还记得江苏卫视著名的主持人孟非曾经写过的一本书吗？名字就叫《随遇而安》。实际上，随遇而安这个词语并非绝对是褒义词，用在很多人身上表现出一种对人生的淡然，但是这并不意味着对人生失去目标和方向。对于很多对人生毫无规划的人而言，随遇而安则成了彻底的贬义词，就是在这个词语的指引下，人们才彻底忘记人生的目标。尤其在遭遇坎坷和挫折的时候，甚至不知道要如何面对人生。不得不说，这是人生的悲哀。众所周知，人生苦短，虽然有人觉得人生漫长，但是也有人觉得人生如同白驹过隙，一晃即过。在这种情况下，我们更要深刻理解人生，坚定不移走好人生之路，才能奔向理想的生活。

其实很多刚刚走出大学校园的年轻人在初入社会的时候，都会觉得非常迷茫和苦恼，因为象牙塔中的环境和职场上的复杂环境完全不同。他们如果还用一颗纯真的赤子之心来面对社会，那么他们最终会变得无所适从。尤其是在职场上错综复杂的人际关系中，他们更容易迷失自己，甚至开始怀疑自己的能力。在这种情况下，唯有不忘初心，才能真正打开人生的局面，才能知道人生的目的地所在。

大学毕业后，小雅就开始从事客服的工作。她在这个工作岗位上一干就是十年，在此期间，她还完成了恋爱、结婚、生子的人生三部曲。就在孩子要上小学的时候，小雅突然觉得人生变得迷茫起来，因为很多人都建议她辞掉工作专心致志地陪伴孩子，这并没有让小雅做出当全职家庭主妇的决定，反而让小雅对当下的工作状态有了更深刻的思考。小雅觉得自己的人生就是在日复一日地上班、下班。上班的时候不停地接打电话，下班的时候忙着操持家务。小雅想改变工作的状态，重新为自己找到人生的出路。但是她一想起未来的生活中需要新的工作内容，就会觉得心中惶惑不安。的确，对于一个已到中年的女性而言，想要转行并不是一件容易的事情。尤其是小雅的本性使然，使得她在需要做出决定的时候总是犹豫不决，也许在拥有现在的生活时，她并不觉得这样安稳的生活有什么好，但是一旦意识到自己也许很快就会失去这些，她又开始情不自禁地留恋起这样浑浑噩噩、蒙混过关的人生。就这样思考纠结了一年多的时间，小雅也没有做出辞职的决定，可想而知她的人生必然还是继续这样下去。也许小雅在等待一个时机，等待工作逼迫得她无处可逃，她才能真正果断放弃这一切吧。

在这个事例中，小雅当然是非常犹豫纠结的。性格使然，所以她哪怕思考了一年多，也没有真正做出改变。实际上对于小雅而言，她一定要真正想清楚，面对事情时才能够当机立断做出改变，否则如果总是在犹豫纠结中三心二意地面对工作，还不如彻底辞职，想清楚自己的去住，然后再全力以赴来得更好。人生永远不能抱着一种随遇而安的心态，也许当达到人生的新高度时，我们才能真正静下心来，淡然面对人生的一切际遇。无论如何，有一点都是可以肯定的，那就是在面对人生的困境和坎坷时，我们真正需要的是勇气，是面对人生困境的觉悟和坚持。没错，人生很多时候是需要决绝的勇气的，正是这样的勇气，让我们真正站起来，从人生中拔地而起。

如果一个人根本不知道自己想从人生中得到什么，那么命运又如何给予呢？曾经有一个教士在遇到洪水的时候，几次三番地请求和祈祷上帝来救他，上帝先是派来了救生船，接着又派来了摩托艇，最后又派来了飞机，但是教士就是不愿意被救援，而坚信上帝会亲自献身来救他。等到洪水涌上来，夺走了教士的生命，他才来到天堂，得到机会当面质问上帝为何不救自己。上帝说；“我派出了救生船、摩托艇和飞机去救你，但是你却不愿意配合，这让我如何救你呢？”这个故事引人深思，原来这个教士只是想让上帝现身，而并不知道自己真正想得到怎样的结果，这也正是他失去生命的根本原因。从本质上来说，是他自己堵住了求生之路，并非是上帝的疏忽大意。对于每个人而言，人生道路总是充满坎坷和挫折的，每个人都应该知道自己的来路，也要明确自己的去路，这样才能在人生中山重水复疑无路，柳暗花明又一村。

不是拥有太少，而是想要太多

现实生活中，有很多人都觉得内心苦闷，因而始终怨声载道，无法采取积极的态度面对人生。实际上，命运总是平等的，它为一个人关上一扇门，必然还会为这个人打开一扇窗户。与其一味地抱怨命运不公，不如把宝贵的时间和精力都用于努力学习，唯有如此，才能珍惜拥有，不惧未来。

大多数苦恼的人并非拥有得太少，而是因为想要得太多。

正如人们对于很多事情的顿悟一样，幸运的人选我所爱，而如果没有好运气，就要爱上我所选择的，这样才能在人生的道路上坚持奋斗，不断努力。珍惜拥有说起来很简单，真正想要做到却很难。这是因为人生总是残酷的，在命运的磨难中，每个人唯有最大限度打开人生的局面，收获人生的幸福美好，才能真正赢得人生的馈赠。

很久以前，有个女孩命运多舛，从小就因为患有小儿麻痹症，导致走路一瘸一拐，完全失去平衡感。然而，她并没有自暴自弃，更没有因为身体的残疾就放弃学习。她始终坚持学习，遇到任何困难都决不放弃，最终获得了博士学位。得知女孩的事迹后，很多大学都邀请女孩去演讲。面对众多的听众，女孩积极乐观，感动了所有人。

演讲结束，在交流阶段，有位听众问女孩："你这么优秀，这么美丽，从未抱怨过命运为何要剥夺你自由行走的权利吗？你如何看待自己的人生呢？"女孩嫣然一笑，告诉听众们："我拥有爱我的人，每天可以晒温暖的太阳，或者感受雨露的滋润，我还养了一只宠物狗，它叫波比，特别善解人意，我还会画画，我还能以文字书写心灵……我是多么幸福啊！"说到这里，女孩转身在黑板上重重地写下八个字："只看所有，不看所无。"看到这句话，全场都震撼了，陷入沉默的思考中。

的确，对于女孩而言，她失去了很多，在人生的花季却不能自由地奔跑，这当然是值得抱怨的。但是幸好命运还没有剥夺她更多，所以她才能在人生中的悲哀时刻，始终保持积极乐观，看到自己所拥有的一切。常言道，拥有时不知道珍惜，失去后才追悔莫及。女孩也正是因为参悟了这个道理，才能在人生中始终保持积极进取，绝不愿轻易放弃努力。

从人生哲学的角度而言，只看所有，不看所无，珍惜拥有，不惧未来，无疑是极高的人生境界。每个人要想拥有完美的自我认知，就必须重新认识自己，才能在人生道路上砥砺前行，也才能在人生道路上拥有源源不断的动力和魄力。谁的人生能够毫无遗憾呢？在这个世界上，绝对完美的人生是不存在的，每个人都要勇敢地接纳人生的瑕疵，也宽容地对待人生、享受人生，才能让人生绽放异彩，也才能让人生更加勇敢执着。与其沉浸在人生的不完美中无法自拔，不如更多地想一想自己得到了命运的馈赠，再集中所有力量应对人生难关。

无所畏惧地向前，成就最好的自己

一个人如果不知道自己去哪里，即使面对很多的人生出路，也根本不知道往哪里走去。而有些人则恰恰相反，他们总是清晰地知道自己的人生出路，也很明白自己在未来的人生之中会面临怎样的遭遇和困境，为此，他们常常会更加积极地面对人生，对于人生也会更有想法，更有主见。这样坚定不移，一往无前，让世界都因为他们而战栗。在他们所到之处，他们的精神力量也会呈现出来，给予身边的人更多的影响。

美国大名鼎鼎的作家艾默生曾经说过，一个人如果知道自己要去哪里，全世界都会给他让路。这样的话听起来有些玄妙，实际上却有深刻的道理。这是因为一个内心坚定、目标明确且能够做到一往无前的人，总是能够在成长过程中不断地成长，持续地进步，也总是能够在未来的人生道路上坚定不移地向前。不管是坎坷还是泥泞，不管是风雨还是雷暴，对于他们而言都是非常人生的小问题，他们的心中只有自己的目标，只想一往无前地去前进和努力，这样的人生态度无疑不会让人感到非常地焦虑不安，也不会让人感到非常地无奈和胆怯。

现实生活中，有很多年轻人都对于人生充满抱怨，觉得人生之所以这么无奈，就是因为命运不公。他们羡慕别人都有好运气，也总是希望在成长之中有更美好的未来，却不知道别人的运气都是靠着努力争取才获得的，而从来不是从天而降或者平白无故得到的。人生，总是在漫长的历程中不断成长和积累起来的，任何时候，我们都不要在人生之中有太多的期望，更不要奢求人生不劳而获，只有不断努力地拼搏进取，朝着确立的人生目标去前进，我们才能在成长的道路上不断地成长起来，也在点滴的积累中获得更加丰厚的人生资本。

在如今的职场上有一个困境，就是有很多用人单位招聘不到好的人才，偏偏有很多大学生抱着本科文凭、研究生文凭，甚至是博士、博士后的文凭找不到合适的工作。不是因为用人单位太挑剔，而是因为太多的年轻人根本不知道人生的道路应该何去何从。任何时候，我们对于人生都要有笃定的心，唯有如此，我们才能脚踏实地地前进。否则，如果因为人生瞬息万变，我们也就总是跟着改变，这样的成功的确是我们无法面对的。

自从大学毕业后，艾诺就在设计公司工作，是一名文案编辑。因为是做幕后工作的，所以艾诺的薪水很低。为此，艾诺不止一次想要辞职，但是妈妈说什么也不同意。只要艾诺想要辞职，妈妈就会说供养艾诺上学都白费精力和金钱了。就这样，艾诺每天工作都不开心，常常当一天和尚撞一天钟。后来，艾诺终于下定决心要辞职，却又因为结婚、生孩子等事情耽误下来了。

十年之后的同学聚会上，艾诺看着曾经的同学都事业有成，人生也风生水起，不由得很羡慕。但是艾诺依然是老样子，做着普通的工作，有着平凡的人生。在聚会进行到一半的时候，艾诺曾经的同桌终于到场。看到以前被称呼为丑小鸭的同桌变成了白天鹅，那么气质如兰，艾诺受到很大的刺激。得知同桌出国留学后，如今在一家外资企业工作，是不折不扣的白领，艾诺恨不得找个地缝钻进去。回到家里，艾诺当即辞职。虽然妈妈和丈夫都劝说她不要冲动，也对她作出妥协，希望她能够找到新工作再辞职，但是艾诺却说："不管现在有没有新工作，我都不要再继续做这份工作。"艾诺义无反顾地辞职了，她有信心要走出崭新的人生道路。

一个人即使知道自己想要怎样的人生，却不能脚踏实地去走，那么他就会始终距离这样的人生非常遥远。事例中的艾诺为了获得自己理想的人生，犹豫纠结了很久，甚至错过了最美好的青春年华，还好她最终还是勇敢地迈出了这一步。在人生之中，千万不要晚上想想千条路，白天醒来走老路。很多时候，只有不断地努力进取，人生才会有更多的希望和未来可以争取。

对于人生，也不要抱着走一步算一步的想法，而是要有规划。规划既要有长期的，也要有中期和短期的，这样才能有的放矢地帮助我们面对人生，获得成长。记住，对于一个根本不知道想要什么的人，即使命运也不能帮助他完成心愿。要想得到什么，我们必须首先知道自己要什么；要想收获什么，我们必须首先在人生的土地上耕耘什么。所谓种瓜得瓜，种豆得豆，这种规律总是存在的。所以在人生的漫长道路上，我们一定要当一个坚定不移地向着目标前行的人，唯有如此，我们才能不断地进取，持续地努力，才能让自己的人生更加卓尔不凡、出类拔萃。

想要有所收获，不如先耕耘

上学的时候，老师总是对我们说：一份耕耘，一份收获。彼时的我们未必真正懂得其中的含义，但我们总是听话地照做。长大之后，经历过人生的风雨，了解过一些事情之后，我们才会真正有所感悟：付出，你才能有所收获。在悲观的时候，很多年轻人会觉得自己付出得太多而收获得太少，这时，我们更应该相信：不付出，我们更将一无所获。

带有明确目标的付出，我们往往很容易做到。因为带有目标性，所以我们更加期待，在没有达到预期效果之时，也更容易心痛。其实，人生中的付出很多时候就像是没有存折的储蓄，你不经意间的举动可能就为你的未来存下了一笔可能。

在一家百货公司里，一个闷热烦躁的午后，有一名穿着普通甚至可以说是简陋的老妇人走了进来。柜台的工作人员们看了看都觉得不是自己的目标客户，纷纷低下头去，不再理她。这时，一名年轻人走了过来，他礼貌地询问："请问，有什么可以帮助您的吗？""谢谢，我只是进来想凉快一下。"妇人微笑着回答。"好的，如果您有需要，我在某某柜台，您可以随时过来找我。"年轻人愉快地回答，并没有向妇人推销任何的物品，转身给妇人拿了一把椅子请她坐下。

歇息片刻之后，妇人起身准备离开，她向这位年轻人表示了感谢并跟他要了一张名片。就在几个月之后，这家店主收到了一封来信，信中要求让这位年轻人前去英格兰洽谈一份订单：为一个拥有18万员工的工厂制作工服！令人没想到的是，这封信就是当日的老妇人所写，而她正是美国钢铁大王卡耐基的母亲！

正是由于这笔庞大的订单，这位年轻人被破格提拔为整个百货公司的合伙人。

同样都是遇到了一位陌生的老妇人，这位年轻人仅仅是因为比别人多付出了一份热情与耐心，就获得了意想不到的收获。

从上文的事例中，我们不难看出：一份耕耘，一份收获。天下从来没有免费的午餐，付出与收获往往都是呈正比的。只有付出了，才有可能有收获。

面对这样的事例，很多人可能会说，这只是一件偶然事件罢了，而且，今时不同往日，现在的社会讲求服务，这样的成功再也不容易实现了。没错，时代在变，人们的需求在变，要求也在变。但是，付出与收获这种对等的关系并不会改变：付出可能会有收获，也有可能收效甚微，但是不付出，绝对是一无所获。

工作与生活中，经常能听到有人悲观地问："为什么我每天加班熬夜，工资却一直不涨？""为什么我对他这么好，他却还是要离开我？"诸如此类的疑问很多，这其中的关键就在于各人的心态。付出与回报是人生中的一个天平，此时此刻的不对等并不等于永远的不对等。当天平倾斜时，如何继续向前，调整好自己的心态很重要。

工作中，你认为自己付出了比别人更多的时间与精力，但是却没有得到更多的金钱回报，你便认为你的付出与收获是不对等的。其实不然，主观上说，同一份工作内容可能是一样的，但是由于个人不同的主观能动性与优势所在，所花费的时间或是付出的精力本就不尽相同；其次，客观来说，我们不应仅用金钱的多少作为收获的衡量标准。仔细想想，金钱的多少并不能代表你全部的收获。在工作过程中，你因为不了解而更加努力，因为负责任而付出更多时间与耐心，完成得比别人更加出色，这本身就是额外的收获，你所获得的实践经验也比别人更加丰富，这才是更加值得欣喜的宝贵财富！

生活上，你对朋友、爱人付出自己的时间与情感，真诚以对，纵然没有得到你所期许的同等回报，但是这一切的付出都是源于你的内心，你听从自己的内心并从中得到更多的欢乐，这便是收获。快乐分享以后是两份的快乐，而悲伤分享以后却可以减半，而这些收获却是多少金钱都换不来的。

青春就是要奋斗的

很多年轻人都以拥有青春作为自己最大的资本，的确，青春是美妙的，也会给人带来很多的机会。尤其是对于那些青春已经悄然流逝的人而言，会更加意识到青春的可贵。既然青春的光阴转瞬即逝，作为年轻人，反而更要珍惜青春时光，这样才能抓住青春，也利用大好的青春时光实现自己的梦想，努力充实和成就自己。

正如人们常说的，不吃苦，不奋斗，你要青春做什么？每个在一生之中有很多重要的事情去做，也有伟大的梦想需要完成，既然如此，就不要白白浪费时间去抱怨，而是要抓紧时间努力提升自我，这样才能不断地成长，持续地奋斗，也可以努力给自己的人生带来更多的可能性。

遗憾的是现实生活中，有太多的人迷失在青春之中，总是盲目地迷信青春就能创造一切的奇迹，或者迷信青春会给人带来无限的风光和荣耀。实际上，青春从来不是平白无故而来的，每个人都要珍惜青春，也要充分利用青春时光。在台湾，漫画家朱德庸无人不知，无人不晓，有很多年轻人都喜欢看朱德庸的漫画，也羡慕朱德庸在漫画方面的才华。但是却很少有人知道，朱德庸小时候在学习方面表现特别差，尤其是对于文字类的东西缺乏理解力，因此常常被老师批评，在学习上也很吃力。在小学毕业后，他根本找不到初中去读。后来，父母费了九牛二虎之力才找到愿意接受他的初中，让他继续接受教育。渐渐地，因为在学习上备受打击而失去信心的朱德庸，发现自己只是不喜欢文字而已，而对于几何图形却有着天赋。因而进入初中阶段的学习后，当同学们都因为看不懂几何图形而烦恼的时候，朱德庸却能轻轻松松看懂几何图形，从而在几何学习方面出类拔萃。从此之后，朱德庸喜欢上图形，开始画漫画。在画漫画的过程中，朱德庸对于图形的潜能都激发出来，因而他找回了自信，对于漫画创作越发如鱼得水，游刃有余。有的时候，朱德庸对于外界的人和事情不满意，回到家里就会沉浸在漫画的世界里，发泄情绪。幸运的是，朱德庸得到了父母的赏识和支持，正是在父母无条件地付出之下，朱德庸才得到机会开始系统地学习画画，也才真正保住自己独特的天赋。

每一个孩子，都有自己的天赋，既有擅长之处，也有不足之处。在面对不足的时候，不需要过分沮丧和绝望，也不要过度苛求自己，如果真的不擅长某一件事情，只要努力去做就好。记住，一块地，总有一粒种子适合它，如果你现在还没有找到适合自己做的事情，那么就努力去尝试。只要你坚持不懈，总有一天会发现自己所长，挖掘到自己的潜能，从而在学习和成长之中有更好的表现。

每个人都是这个世界上独一无二的生命个体，因此，每个人的人生观、世界观、价值观都是截然不同的，每个人对于成功的定义也带有鲜明的个人主义色彩，带有个性的深刻烙印。既然如此，我们就不要羡慕别人的成功，更不要盲目地套用别人成功的经验。任何时候，只有从自身的实际情况出发，有的放矢地扬长避短、取长补短，我们才能最大限度发挥生命的潜能，也让自己在人生的过程中有出类拔萃的表现。

一条咸鱼，有什么资格谈梦想

幸福是什么？幸福的定义是小孩子拿到一颗棒棒糖时脸上的笑容；是晒着太阳，聊着家常的老年人的安详；是终于克服了一个难题，找到了成功时候的喜悦；是鸟儿在天空中自在地翱翔，小鱼在水里轻快地向前游着。而你的幸福呢，你希望成为一个什么样的人，做什么样的事，完成什么样的梦想？人都是有双向需求的，你付出了自己认为的最大努力，只有得到了相同的回报，才会有幸福的感觉。

每一个人对幸福的定义是不一样的，所以总体来说幸福就是内心的欲望得到满足。你需要的少，那就是一个常常被幸福感包围的人，而你需要的越多，就越难体会到快乐。合理的欲望能够使人把努力的状态发挥到极致，会让你得到更多，为你提供更大的动力。但是人不能有太多欲望，欲望多了就容易贪心，想要的名和利总是会在心中慢慢变多，到那个时候，你也许就一辈子都体会不到幸福的感觉到底是什么样的。

每一个人的人生都只掌握在自己的手中，你想要的是什么，爱情还是事业？你都需要主动去争取，相反，会有很多人觉得自己的人生很悲凉，没有一点幸福可言，但是，你睁开眼睛看看自己每天都在做什么，有没有为了自己想得到的付出相应的努力，如果你一直是一条咸鱼的话，有什么资格谈梦想。

田萍是一个性格很坚强的女生，在她小时候，父亲出了一次车祸，为了不让妈妈承受过大的生活压力，她总是主动承担家里的家务和田间的劳动。因此，她的性格变得越来越独立。长大之后，学习压力太大，她总是一个人默默地承受着所有的压力，从来不跟爸爸妈妈倾诉。她只想凭借着自己的实力爱家人，让所有的人都平平安安，每天开心。坚强的她始终都在默默地努力中，希望有一天所有人都可以很幸福。

在第一年的高考中，田萍考得很不理想，这是她整个高三一年所有考试中考得最差的一次。要强的田萍在跟父母沟通了之后，坚定地选择了复读。田萍特意选择了一家封闭式复读学校，为的就是让自己更加静下心来好好备考，而那一年中，田萍与之前的同学都很少有联系。每天的生活就是在宿舍、教室、食堂三个地方奔波，做了无数套的卷子，看了无数套的解析资料，每天来得最早，走得最晚。终于在人生的第二次高考中，她的努力没有白费。上天没有放弃任何一个努力的人，当田萍拿到重点大学的录取通知书的时候，流下了激动的泪水，这大概就是幸福的眼泪。

每个人必须靠自己的双手去创造幸福生活，对于田萍来说，想要得到的就拼尽全力去做，想要一个好的前程就抓紧一切可以学习的时间去学习。任何时候，只有掌握在自己手中的幸福才叫幸福，而为了幸福一点一点地努力，也是一种幸福。比如，当你很努力地在背课文，花了一个小时记忆之后能够流畅地背诵出来是一种幸福；面对一道很难的数学题，当你在尝试了好几种解题思路之后终于找到答案，也是一种幸福。所以说，自己去创造、去争取本身就是一种幸福。

我们所渴望得到的成功就是自己的幸福，没有人能随随便便成功，前期的蛰伏必然是很辛苦的。人生路上谁又不苦呢，没有苦哪来的甜？记住，天上不会平白无故地掉下馅饼，每个人都要找准方向并坚持不断地努力，因为上天不会亏待任何一个努力寻找梦想的人。

第 5 章

用热情点燃生活，用喜欢的方式过好每一天

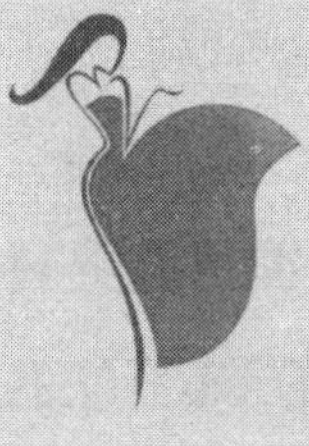

每一个人都应用自己的努力去惊艳时光，因为生活不会亏待任何一个努力的人。生活不是等别人来安排，而是要自己去争取和奋斗，不论其结果是喜是悲，都需要用热情点燃生活，用喜欢的方式过好每一天。

幸福是过喜欢的人生

对于人生，很多人在追求的过程中会忍不住本末倒置，这是因为他们原本可以以喜欢的方式过人生，却因为被太多的欲望裹挟着向前，导致迷失了本心，在不知不觉间就失去了人生的方向，也导致生命的宝贵时光被荒废，蓦然回首，却发现过着自己不喜欢的人生。不得不说，以这样方式面对人生，是一种失败。

每个人都是这个世界上特立独行的生命个体，每个人对人生的理解都是不同的，既然如此，就不要总是对于人生有太多的抱怨，而是要认真想清楚自己想要怎样的人生，想活出怎样的样子。唯有如此面对人生，我们才能以自己喜欢的方式度过一生，也才能在成长的历程中不忘初心，砥砺前行。在确定自己喜欢的人生时，还要注意不要总是受到他人的影响，不要因为别人说了什么或者怎么想，就盲目迷失自己。记住，你的人生你做主，当你活成别人的样子，即使获得再大的成功，也是人生的失败。

曾经有人说过，为了避免人生遗憾，要把人生中的每一天都当成生命中最后的一天去度过。实际上，这么想会给人很大压力，不如换一种想法，用喜欢的方式度过人生的每一天，那么人生就是了无遗憾的，而且是非常轻松自如的。当然，这样的目标说起来很容易，真正做起来却很难，这是因为太多的人对人生有过多的期望，也对人生有很多的迷惘。从本质上而言，维持正常的生存，人只需要很少的物质作为支撑，为此我们在实现欢喜过好每一天的目标之前，先要降低自己的欲望，让自己成为欲望的主人而不是奴隶，这样我们才能在人生的道路上不忘初心，砥砺前行，也始终牢记人生的目标和方向，勇往直前。

很久以前，有个渔夫每天都出海打渔。他的船很小，打到可以供给家里吃以及可以卖出去换钱维持日常生计和开销的鱼之后，渔夫就会回到岸边，先是把最新鲜的鱼送回家里，让妻子做给全家人吃，再把剩下的鱼拿到集市上卖掉。就这样，渔夫每天的生活都是如此，每当遇到阴雨天气，他就留在家里守着老婆孩子热炕头，吃着简单朴素的饮食。

有一天，渔民出海打渔回来的时候，遇到一个富人正在海边散步。富人看着渔夫的收获这么少，忍不住问渔夫："你打渔的技术这么好，为何不多打一些鱼呢？"渔夫很纳闷地看着富人："我为什么要多打鱼呢？"富人说："你多打鱼，时间久了就可以积攒一些钱，买一条大一点的船。这样你每次出海可以赚取更多的钱，就可以抽出时间来陪伴家人和孩子，还可以享受悠闲的时光。"渔夫说："我现在每天出海打渔只要花费很少的时间，也可以有时间陪伴家人和孩子，而且每天都可以。我现在过的就是你说的生活啊！”富人陷入了沉思。

渔夫说得很对，如果他不想发财，只求温饱，那么他现在过的就是富人所说的努力赚钱若干年之后才能过上的生活。既然如此，他又为何要舍近求远呢？对于人生，每个人都有不同的理想和追求，最重要的是过上自己想要的生活，而不是过别人认为好的生活。所谓不忘初心，方得始终，每个人都要过成自己理想的样子，才能在成长的过程中不断地努力奋进，最终增强自己的内心，壮大自己的精神，让自己可以笃定地坚持想要的人生。当然，这样的坚守是需要舍弃很多的，例如舍弃对于人生的各种渴望等。唯有在成长的道路上不断地努力向前，从容地做好自己，我们才能更加有的放矢地面对人生，也才能真正全力以赴绽放人生的精彩与辉煌！

专注让平庸的人绽放出光彩

马云曾经说过，梦想总还是要有的，万一实现了呢？正是在这句话的鼓励下，很多曾经胆怯和畏缩的年轻人，选择坚定不移实现自己的梦想，既然选定了梦想的道路，即使跪着也要走完。马云还曾经说过，不被嘲笑的梦想不是真的梦想，这句话告诉我们梦想总是难以逃避被嘲笑的命运，而当我们真心喜欢为了梦想付出一切努力，就不要总是过于在意他人的嘲笑，而是要坚定不移走好属于自己的梦想道路和人生道路，也要拼尽全力去提升和完善自己，让自己把每一件值得的事情都做得更好。

人生之中，每个人的当务之急是什么？不是追名逐利，也不是为了金钱和物质忙忙碌碌，而是选定自己喜欢做的事情，也相信自己有天赋和能力把这件事情做好，接下来就是专注于自己喜欢的事情，拼尽全力，不遗余力。任何时候，我们都不要屈服于现实，正如人们常说的，理想总是丰满的，现实总是骨感的，即使现实给予我们残酷的打击，我们也要不忘初心，只有在千帆过尽之后，我们才能获得小小的成功，也才能受到成功的激励，继续努力前进，砥砺前行。

在电影《百万美元宝贝》之中，一名拳击教练带着31岁的女性拳击学徒，一起努力奋斗和拼搏。学徒的生活非常困顿，梦想支离破碎，家庭一贫如洗，但是她始终都没有忘记自己的梦想，那就是成为一名优秀的拳击手。为此，她几次三番来到拳击馆，想要拜功成名就的拳击教练为师。不得不说，对于一个人到中年的女性而言，练习拳击并不是好的选择，为此经验丰富的拳击教练一次又一次拒绝这位学徒。直到后来，他被这个学徒的坚持不懈所打动，破格收了这个女学徒。虽然直到影片的最后，学徒也没有实现自己的梦想成为了不起的拳击手，但是距离梦想还有一步之遥的她依然感动了所有人。在现实生活中，你是否也曾经怀揣着梦想，却被身边的每一个人嘲笑和否定呢？在遭受重重磨难和的打击的情况下，你是否还有信心和勇气继续努力，多几次尝试呢？如果没有，那么你注定要与梦想绝缘。如果你有，那么虽然未必会获得世俗定义下的成功，但是你一定可以成功地突破和超越自己。

现实生活中，有梦想的人太少了，太多的人只在少不更事的时候才会有梦想，而随着不断地成长，当距离残酷的现实越来越近，他们就会距离梦想越来越远。从这个意义上来说，不是梦想抛弃了我们，而是我们抛弃了梦想。真正坚定不移想要实现梦想的人，哪怕被梦想唾弃，也从来不会遗忘和迷失自己的本心，他们总是继续努力向前，即使梦想被嘲笑也始终坚持，即使未来面对很大的困境也绝不放弃。这是因为他们坚信自己有朝一日终会实现梦想，也因为他们坚信自己有朝一日会获得真正的成功。

作为百度的创始人，李彦宏的人生从来不是一帆风顺的，甚至在百度已经获得很好的发展之后，作为百度的掌门人，李彦宏也常常会被人质疑为何百度的市值会缩水，为何作为科技人物的他排名下降。作为百度的当家人，李彦宏对此始终保持着淡然的心态，不忘初心，做好自己该做的事情，等待收获和成就。正是因为如此，在百度的上上下下，李彦宏始终都是那个稳坐泰山的人。其实，不仅这些叱咤风云的人物会面对人生的起伏跌宕，作为普通人，在面对人生的时候，我们也同样会遭遇人生的波峰波谷，只有怀着淡然的心去面对，只有怀着从容的态度去做好自己，我们才能集中所有的力量，在艰难的时刻里始终坚持前行。

现实生活中，很多朋友在有了好的想法之后总是因为过度思虑导致自己杞人忧天。不得不说，未雨绸缪是有好处的，但是杞人忧天，只会导致我们在面对人生的时候故步自封，不能全力以赴去做好自己该做的事情，也不能有的放矢成就自己的人生。任何时候，我们都要更加积极主动，才能在人生的道路上获得长足的成长和发展，也要相信自己心中的感受，坚持去做自己擅长且喜爱的事情。当坚持达到一定的程度，我们就会在成长的道路上有更好的发展，我们的未来也会因此而变得璀璨夺目！

记住，专注的力量是非常伟大的，可以让原本平庸的人绽放出光彩，也可以让人生在面临很多困境时，创造出奇迹。不要被那些还没有发生的事情困扰住，这些事情尽管目前有很大的难度，但是当你真正去做的时候，随着你的不断成长，随着事情的不断发展，那些原本横亘在其中的难题和障碍也许就会迎刃而解。所以一旦想好了，就要去做，这样的你才会变得更加强大，在人生的道路上勇敢无畏，努力向前！

放开自己，做一些想做的事情

一个人在世上，总有许多执着坚持，许多万不得已，如果能够不偏执、想得开，学会放飞自己，自然而然地去做事、去成功，对于自己未尝不是一种成全。人们常说“有心栽花花不活，无心插柳柳成荫”，如果自己明明栽不活花，却偏偏勉强自己去栽花，那就活得太累了，不妨放开自己去做一些想做的事吧。

陶渊明曾经有一首诗写道“结庐在人境，而无车马喧；问君何能尔，心远地自偏”，意境非常好。我们常常在出世与入世之间矛盾徘徊，这给我们的人生带来无限的痛苦。海子曾经想过一种“面朝大海，春暖花开”的日子，这种日子几乎是我们每一个人的梦想，可是他最终也没有逃脱对世俗承认的追求。也许他需要的并不多，只要有生存的机会，有写诗的机会也就足够了，可是他选择了结束自己的生命。

一个人对于自己的生命有多么留恋，每个人都是清楚的，一个人不执着到一种程度，是不会选择这条路的。那么他到底执着在哪里呢？是对艺术苦苦追求而不得，还是对名利苦苦追求而不得，抑或是对自己生存价值的怀疑？

有时候，我们自己也会处在一种想不开、想不通的状态之中，非要经历一番激烈的思想争斗不可。这个时候，我们要学会放飞自己，没有什么是过不去的，过后想想，往往对自己曾经的纠结感到好笑。思想的痛苦，可能我们每个人都经历过，但是学会放飞自己的人，才会找到人生的一番新境界。

李白和杜甫是唐代的两个著名诗人，他们都曾经试图走上仕途，而且在这条道路上百折不回、不屈不挠，他们在自己情之所钟的那条路上几乎没有任何建树，反而在文学的路上有一番大作为。想象他们如果不追求自己的仕途之路，可能他们人生中受到的折磨要少得多。屈原作为国家的贵族，他对他的国家有政治上的责任，他的诗文再好，也不能泯灭他作为一名大夫的责任，他对自己显然有着清醒的认识，他不能放飞自己。而五柳先生则洒脱得多，他一旦明白自己不能“为五斗米向小儿折腰”就辞去了官职，一心做一位诗人，做一个农民。

做人能够像屈原那么执着，像陶渊明那么洒脱，都是一种极致，而大多数人的痛苦就在于不满意自己的位置，明明知道自己有一条逃脱的道路，可却想不开放不下，于是在欲海中苦苦挣扎，既苦了自己，也让别人看起来很累很难受。人生最难过的就是挣扎，就是犹豫不决，很多人都不能痛下决心，决定自己到底是要奋斗还是要享受。

人生没有中间路，如果你希望自己能够出人头地，能有一番大的成就，能够成为成功人士，那就要对自己狠心，不怕吃苦，也不要怕风险，不怕失败，只要有这样的执着，就算你今天一无所有，未来你也肯定能有一番作为；如果你不想自己的人生活得那么累，就要甘于做一个小人物，做一个平凡人，那你也不会有精神上的痛苦，虽然日子会贫苦一点，会平凡一点，但只要细细体味，也有一种平凡的快乐。

可我们大多数人都处在一种中间的尴尬状态，既狠不下心吃苦，又不甘于平凡，于是我们整天怨天尤人，羡慕别人的好命，这一切都没有意义。想要走出自己现在的状态，就要学会二选一，平凡或者卓越。我们中的大多数都是平凡人，就算你现在还年轻，也不能保证你将来就一定能够功成名就，更不能保证你功成名就之后，就能够得到你想要的，那么你还想奋斗吗？如果还想，那么你就去不计一切后果，不计一切代价地努力。如果一边斤斤计较，计算着付出与回报是否呈正值，一边不甘于目前状况地努力，你既付出了艰辛，也会一无所得。

与其这样一边努力着，一边不甘着，两头都亏，倒不如放飞自己。不要那么执著，自然地去工作，自然地去成功。《哈里·波特》的作者肯定没想过自己会一朝成名，没想过自己会因为一部作品而名利双收。她不过要自己每天都过得踏踏实实，每天做自己喜欢做的事而已。如果我们甘于做一个小人物，不求闻达于天下，只是做自己的事，充实自己的人生，那么有一天就算我们不成功，我们也会觉得自己的生活没有什么遗憾。起码我们不会太痛苦，不会太折磨自己。放飞自己当然需要我们放下一些东西，比如我们的名利心，我们的生活标准，我们对自己的期待，周围人对我们的评价。很多时候还要放弃很多东西，可这并不意味着我们将一无所得，你会发现，当我们放飞自己以后，会非常轻松，那种沉重之感终于从我们心头卸下了。我们能够从从容容地做人做事了，我们更愿意埋头工作了，我们不屑于看别人的脸色了，我们做事情更容易成功了。这大概就是一种成熟的状态，这种状态给我们带来的丰厚收获是我们所预料不到的，也许我们因此就成全了自己。

找到生活节奏，你就是自己的阳光

还记得小时候的时光，天真烂漫，自由自在。春日里果园欣欣向荣，果树花开，摘野花，逛池塘；夏夜里，伴着蝉、蛙齐鸣声渐渐入睡；秋日黄昏时，看着硕果累累，和小伙伴一起追逐打闹；大雪的冬季里，看着大团大团棉花状的雪从天而降，落在脖子里，凉飕飕地打个寒颤，雪停之后便又是另一个乐园，顺着下坡踩成一个滑梯，飞速滑下，那便是童年最美好的记忆。

而现在已长大成人的我们，在这个快节奏的社会里背负了太多的压力，这些压力蒙住了我们的双眼，甚至腐化了我们的心智，让我们找不到生活的一丝幸福和愉悦。我们仿佛也失去了在这无趣的生活中取悦自己的能力，成为了迫于生计闭眼往前走的傀儡。这样的自己，注定不能快乐！

生活不止眼前的苟且，还有诗和远方。我们要善于发现生活中的小美好，人生匆匆几十年，及时行乐，找到自己的生活节奏，你就是自己的阳光。

大聪在读书的时候就是一个精致的姑娘，每天把自己收拾得清清爽爽，宿舍也收纳得整整齐齐，在衣物的选择上也很有品味，整体都让人觉得很舒服。除去这些，大聪还喜欢看书，书架上除了专业的书籍之外，都是自己喜欢的书；另外，她还喜欢听音乐，根据自己的需求买了一个重低音耳机，看书的时候，挂上耳机，那就是自己的完美世界。

毕业之后，大聪进入了一家投资公司，生活方式跟之前相比，简直是天翻地覆的变化，早上八点钟到岗，起床之后匆匆洗漱，连早饭也没时间吃就要一路小跑、赶着公交换乘地铁到公司。晚上，工作指标未完成就无法离开工作岗位，有时候到家的时候都已经11点了，拖着疲惫的身躯，收拾完所有的东西，躺到床上闭上眼睛3分钟就可以入眠。与此同时，大聪失去了所有的私人时间，每天所有的事务都是围绕着工作连轴转。

有一天休息的时候，大聪睁开眼睛，看了一下手机，猛地惊醒，因为已经下午3点钟了。她忽然觉得如今的生活太可怕了，没有自己的时间，没有能让自己开心的事情，只是机械地围绕着工作在连轴转。此时此刻，她在心里告诉自己一定要改变。现在的工作已经渐渐地熟悉了，时间也完全可以掌握，围绕着紧凑的工作时间，自己还能做些什么呢。经过精心的思考，大聪得出了一个可行的计划：晚上一定要尽早睡，睡前听半小时的音乐，并且看书半小时；每天早晨6点起床，练一会儿瑜伽，收拾完自己去吃个早饭，在保持愉悦的心情听着音乐时，从容地去上班；休息的时候一定要作息规律，要么去公园散散心，要么在家里做自己想做的事情。就这样，那个精致又神采奕奕的大聪又回到了大家的视线里。在这样精神饱满的情况下，大聪的工作效率也越来越高，同时也得到了领导重视，事业上的发展越来越好。

在需要辛苦谋生的社会里，我们要像大聪一样依照自己的实际情况调整生活的节奏，选择让自己舒服的状态来精彩地度过每天的时光。失去的不会再回来，因此我们才要更加珍惜。没有人可以左右并改变我们的生活，能掌控人生的只有我们自己。

从现在开始，拾起曾经遗弃的画笔，拿出封存已久的那本喜爱的书，或者，说走就走，去那个一直想去的旅行目的地，来一场肆无忌惮的独自旅行。收拾好心情，学会在繁忙中找到自己的小确幸，只要是自己想做的就好。

生活中并不缺少激情，而是缺少发现激情的心

也许此时此刻的你觉得生活就像白开水，那么寡淡无味，日复一日地重复着，没有任何新意和让人兴奋的事情。每天，

你都像是在重复着前一天的经过，上班下班，吃饭睡觉，买菜洗衣，伺候孩子老人，如此千篇一律的生活，的确使人感到难以忍受的窒息。面对这样的生活，或许你已经习惯了，也不觉得乏味，或者你偏偏对此不满意，恨不得马上就改变现状，打破旧生活，重塑新生活。当然，有的时候人的惰性会在这样一成不变的环境中更加凸显出来，甚至人生的所有棱角也都会被磨平，导致生命之火奄奄一息，在或明或暗间挣扎着苟延残喘。

归根结底，要想拥有成功的人生，我们就必须始终满怀热情。热情就像是冬天里的一把火，能够燃烧人生的沙漠，使原本寡淡乏味的人生爆发出生命和活力，也展示出更加绚烂的光彩。正如一位名人所说的，生活中并不缺少美，缺少的只是发现美的眼睛。如今我们要说，生活中并不缺少激情，而是缺少发现激情的心，缺少释放激情的灵魂。

大学毕业后，静静和乔乔这对好朋友分道扬镳，静静去了大城市打拼，乔乔则回到家乡小县城当了一名小学老师。由此，原本起点相差无几的一对好朋友，人生突然间拉开了差距。转眼之间，几年的时间过去了，静静和乔乔都各自成家立业，静静也在大城市买了房子，有了安稳的家。乔乔呢，则因为回到了家乡，日子始终波澜不惊，每天都按部就班地过着生活，在学校和家之间两点一线。

眼看着就要春节了，静静全家人都回到家乡，和许久未见的乔乔久别重逢，老友相见分外亲切。看着静静意气风发的样子，乔乔失落地说："哎呀，看着你现在如此意气风发，我觉得自己的日子简直一眼望到死，没有一点儿盼头和念想。毕业都快十年了，我回头想想，觉得自己就像过了一天一样，因为每天的生活都是完全一样的。"听到好朋友这么说，静静也感慨颇深，说："乔乔，你还年轻，这么度过一辈子的确有些亏得慌。我觉得，你不如辞职和我一起走吧，虽然大城市挣得多开销也大，但是最起码能开开眼界，也能多长点儿见识。"看到静静热心的邀请，乔乔为难地说："不是没有想过啊，也想过辞职，但是下不了决心。你说，我们现在已经这样了，习惯了这样混日子的活法，大城市压力那么大，真的怕吃不消，也怕混不下去，到时候可是想回来都回不来了呢！"

静静的老公感慨地说："这就是人的惰性啊，在日复一日的生活中，惰性越来越强，再想动连自己心里的这关都过不了。"

乔乔已然失去了对人生的热情，现在的她完全习惯了如此千篇一律的生活，也不再奢望能够改变生活、改变命运了。和乔乔截然不同的是，静静因为从大学毕业后就在大城市打拼，所以始终热情饱满，满含着对生活的激情和热情。这样两个原本处于相同起点的好朋友，在人生的道路上就此分道扬镳，从此走上了完全不同的人生轨迹。

朋友们，我们有何理由对生活不满呢？至少我们还拥有健康的身体，我们每天清晨都能看到太阳从东方冉冉升起，夜晚还能看到满天的繁星，我们还有健全的身体，还有强壮有力的双手创造生活，这就是我们最大的幸运。

每个人活着都应该珍惜生命，就像陈虹的那首《感恩的心》中唱的那样，我们也要学会感恩生命。把人生中的每一天都当成是生命中的最后一天去度过，既不留下遗憾，也能满怀宽容，这样才能始终保留对生活的热情，才能尽情感受生活的美。尤其需要注意的是，我们还应该让自己心胸博大，对整个人类都怀有博大的爱，这样才能拥有宽容平和的心境，也更能够接纳生活中些许的不完美。总而言之，朋友们，让我们点燃生命的火吧，让我们人生的沙漠从此绚烂起来吧！

第6章

没有拼尽全力，那就别轻易说放弃

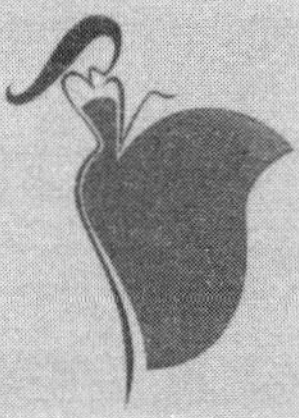

如果没有拼尽全力，那就别轻易说放弃。假如是自己想做的事情，什么时候都不算晚，晚的是你从来没有想过开始。假如总是拖沓，一天复一天，一年复一年，你却总是在原地打转。如果你拼尽全力，就会发现那些曾经的困难不算什么，只要稍加努力就会迎刃而解了。

没有伞的人，只有努力奔跑

面对本质上很平顺的生活，大多数人依然心怀不满，他们总是怨声载道，因为生活并没有按照他们所期望的样子呈现。他们所不知道的是，现实生活中有很多人根本不能拥有平静安宁的生活，也就是说被他们所唾弃的生活，恰恰是他人梦寐以求的。在这种情况下，我们还有理由和资格抱怨，就像一个没有脚的人没有资格抱怨命运不公一样，当面对一个连双腿都没有的人，他又怎么能够说得出抱怨的话来呢？民间有句俗话，叫人比人气死人，这句话的意思告诉我们，最怕的是把人与人之间进行比较，因为巨大的差异会使人们产生巨大的心理落差。实际上，每个人都是自己人生的主宰，我们完全无需和他人比较自己的人生，而要看看自己是否比此前有了更大的进步。唯有进步的人生，才能够让人生之中有更多的收获。就像很多父母对孩子的成绩一样，对于一个后进生的孩子，父母无权要求他一定要向第一名看齐，这样的比较会让孩子信心全无，而对于一个在班级中始终名列前茅的孩子，父母也无需拿他与班级里的后进生比较，否则就会让孩子妄自尊大。只有把孩子今日的成绩与昨日的成绩进行比较，看看孩子比起自己是否有进步，才能保护孩子的自信心，让孩子找到更合适的目标，不断前进。

小龙一向不喜欢学习，总是视成绩为粪土，虽然他的脑筋很好用，也完全有能力把学习提升一个更高的档次，但是他就是不愿意搭理已经急得如同热锅上的蚂蚁一样的父母。他有自己的理论，他总是说不管学习成绩是否好，都能够主宰人生，也可以去做自己能做的事情，而并非只有上大学这一条路。

趁着暑假，小龙的家里正在装修，因而他暂时借住到姥姥家中。正好表姐也在姥姥家中过暑假，父母便火速安排小龙回家取回高一的课本，让品学兼优的表姐给他补课。尽管小龙不愿意，但是父母总是把这件事挂在嘴边，为了让父母不再唠叨，小龙只好勉为其难回到家里，翻箱倒柜地找高一的课本。家里有工人正在干活，装修队的是队长是一个三十多岁的年轻人，干活的人则更年轻，看起来和小龙年纪差不多大的年纪。小龙翻箱倒柜，找出课本生气地将其摔在地上，因为他心里压根不想浪费宝贵的暑假时间去补课。

小老板看到小龙愤愤的样子，问道："兄弟，你上几年级了呀？家里有这么多书。"小龙闷声闷气地回答："高二。"小老板说："哎呀，这个年纪真是让人羡慕，想想十几年前我也和你一样大，但是我却出来打工了。"小龙羡慕地说："我还羡慕你呢，不用上学可以四处游走，自己挣钱自己花，多么潇洒惬意！"小老板惊讶地瞪大眼睛说："难道你以为我是自己想辍学出来挣钱的吗？”小龙说：“反正不管干什么，都比上学好。”小老板无奈地说：“我是因为家里穷，上不起学，而且连饭都吃不上了，所以才出来挣钱养活自己的。如果不出来，父母也会让我跟着村里的人去矿上干活，你要知道矿上那都是要钻到地底下干活的，万一遇到塌方，连命都没了。我很害怕呀，所以才自己跑出来，在建筑工地上干活。渐渐地，才学会了做装修。”小龙不以为然地说：“那你现在活得不也挺好吗？你看你带着工人干活，自己当老板，我觉得比那些大学生还惬意呢！”小老板说：“你觉得比大学生惬意，你能想象如果现在你不上学，而是像这个小工人一样四处打工受累的生活吗？”说着，小老板指着一个正在干活的年轻工人。那个工人看起来也就十七八岁的样子，但是屋子里的灰尘上他的头发变成花白色的，所以小龙无法猜测出他的真实年龄。听到老板说这个孩子十七岁，小龙不由得很惊讶，原来他和自己一般大呀。小老板感慨地说：“他的学习成绩非常优秀，当年高考的时候只是以一分之差与大学失之交臂，就是因为家里太穷了，没有钱供他复读，所以他才出来打工。你可以想象就因为这一分之差，他的人生会有怎样的改变吗？原本他可以坐在明亮的教室里继续读书，也可以去给学生做家教给自己挣出大学的生活费，但是现在他却只能这样，每天满面烟尘。工作很繁重，他根本就没有时间看书，甚至连让人生翻身的机会都没有。你要珍惜你的学习机会啊，否则像我这么大的年纪时，就算有钱了又如何呢，毕竟已经永远地错过了人生中最美好的年华。”

老板的话让小龙陷入沉思之中，他突然想到虽然自己一直都梦想着能够离开父母的身边，自己自由地干一些事情，但是却从未想到自己离开了父母的支持和照顾，也许只能像那个孩子一样每天都辛苦地埋头劳作。他突然间改变了心态，从对学习排斥和厌恶转变为喜欢学习。看到他突然之间认真努力学习的样子，家里人都觉得很惊讶。经过一个暑假，表姐为小龙补习了高一的内容。开学之后，小龙一反常态，对待学习严肃认真，决不懈怠。后来，他终于迎头赶上，让自己的成绩从班级中下等，一跃成为班级里的上等，甚至名列前茅。就这样，在经历高三的冲刺之后，他考上了一所很不错的大学。在大学里，他没有像大多数同学那样如同出了笼子的小鸟，而是抓住每分每秒的时间学习。四年大学毕业，小龙成为当之无愧的学霸，被学校保送读研究生。此时，他无疑是同学们人人羡慕的对象。

不是遇到与自己同龄的孩子正在辛苦地工作，小龙也许不知道自己此刻的人生会得到多少人的羡慕，也不知道自己的生活值得珍惜。人们总是有这样的心态，对自己真正拥有的不知道珍惜，而对于已经失去的却又挽回不来。虽然我们不能把人生随便与他人比较，但是很多时候，这样的比较却能让我们认清人生的真相。当生活不如意的时候，我们无权去抱怨任何人，而要首先反省自己是否真的已经拼尽全力。如果你在年轻的时候就放弃了对人生的努力，而任由人生的河流把你带到每个地方，那么你也就无法抱怨，更无法探求生命的意义。

面对瓢泼大雨，对于一个没有伞的人而言，只能努力地奔跑，唯有如此，他们才能尽快结束被淋成落汤鸡的遭遇。那么对于一个有伞的孩子而言，他可以悠闲地走，也可以奔向人生的目标。总而言之，唯有拥有更多的选择，人生才有更多的可能性。但是任何情况下都不要放弃，因为对人生而言，真正的失败并不是结果不尽如人意，而是每个人在面对人生的时候过于随意，肆意挥霍人生的时光。所以，每个人都不能轻而易举就放弃对人生的努力。

向阳而生，生活自然灿烂

当人生遭遇困境的时候，很多人都会情不自禁地想要寻求帮助。然而，得到外界帮助的机会越多，当事者就会渐渐地对外界形成依赖性，甚至不愿意再发掘自身的潜力，依靠自己的力量彻底解决问题。在这样的情况下，人生当然会变得脆弱，甚至很多人还会因为习惯于依赖他人而失去独自生存的能力。这样做当然是非常危险的，因为相当于把自己的人生交给别人去把握，一旦别人放弃自己，他们也就失去了继续生存下去的能力。不得不说，这是非常糟糕的，也是让人感到失望的。一个人要想成长，成为人生的强者，就要自己主宰命运，就要自己把握人生，而不要被动地接受他人的安排。

记住，在这个世界上，只要你自己不放弃，人生就有希望，因为人生的希望绝不是从外界得来的，也不是接受他人的赏赐才得到的。人生真正的希望，在于内心，在于坚定不移的意志。因为，要想实现人生的梦想，我们就要对人生勇敢执着，绝不放弃。这个世界上从来没有人生是一帆风顺、顺遂如意的，也没有人能够真正做到万事如意。所谓万事如意，只是我们给予他人最美好的祝愿而已。在遭遇人生中的很多困境时，我们只有淡定平和，才能让人生得到更多的机会，也才能以理智平静的心态，从而为人生困境找到真正的解决之道。

人们常说，贵人语迟。在美国，就有一个孩子说话特别晚。大多数孩子一岁多就开始说话，他直到三岁才好不容易说出一个简单的字来。这让原本以为他是哑巴的家人简直欣喜若狂，然而，也正是在三岁这一年，坏消息跟着好消息后面接踵而至。小小年纪的他在横穿马路的时候，不幸被过往的车辆撞飞。幸运的是，他只是得了轻微的脑震荡，并且受到了轻微的外伤。在经过医生的精心治疗之后，他很快就恢复了健康，然而，不知道是车祸带来的后遗症，还是命运这个时候才开始发威，此后他与各种疾病相伴，受到各种疾病乐此不疲的折磨。虽然他还年幼，但是却有着顽强的毅力，他始终全程奉陪这些疾病，从未向疾病低头认输过。

在与疾病斗争的过程中，他长到了十岁，原本妈妈以为随着不断地成长，他的身体会越来越强壮，却没想到更糟糕的情况还在后面。一天早晨，他原本和小伙伴约好去参加节日游行，但是正在刷牙的时候，他突然觉得自己的半边脸感到麻木了。他赶紧拍了拍自己的脸颊，又因为惊恐而赶紧呼喊妈妈。妈妈已经习惯了他的状况百出。在第一时间就做出了正确的应对，当即开车送他去医院。虽然他才只有十岁，但是多年与病魔作斗争的经验让他意识到自己这一次情况不妙，所以他问妈妈："这个世界上真的有上帝吗？如果有，看到我总是生病，上帝为何从来不帮助我呢？"妈妈的心正在滴血，但却微笑着对他说："当然有上帝，上帝知道你很坚强，所以特意派疾病来考验你。此时此刻，上帝正在看着你，他对你充满慈爱，他知道你是他最坚强的孩子。"说着，妈妈还指了指头顶上方的天空。他顺着妈妈手指的方向看向天空中，却并没有看到上帝的身影。但是他相信上帝是能看见他的，所以他告诉妈妈："妈妈，我一定会表现得更加勇敢，不让上帝失望。"经过检查，医生怀疑他得了严重的神经疾病，因而对他进行脊椎穿刺手术。这样的疼痛是连很多成人都无法忍受的，但是他却能够保持一动也不动。虽然他疼得哇哇大叫，但是他的身体纹丝不动，因为他知道上帝正在考验他呢。

命运似乎故意和他开玩笑，在半个月之后，他脸颊麻木的情况突然消失了。家人还来不及感到高兴，他就发现自己的嘴巴出现了问题，他无法准确表达自己的意思，失去了语言表达的能力。幸好哥哥与他心灵相通，每当他说不清楚自己的意思时，哥哥就会根据他的表现作为他的翻译，帮助他与外界进行沟通。就这样，在妈妈的精心照顾下，在哥哥的鼎力帮助下，他艰难地成长着，无数次在医院与家庭之间进出。虽然饱受疾病的折磨，但是他并没有因此而放弃学习。他始终坚持上学读书，从没有因为疾病而落下功课。随着渐渐长大，他越来越懂事，听说打篮球能够让人身强体壮，就开始学习打篮球。然而其他的孩子都不愿意跟他在一起打篮球，还是最亲爱的哥哥挺身而出，在家里陪伴他一起打篮球。时光飞逝，在艰难的坚持中，他和哥哥一起长大，他始终坚信上帝在看着他，他也从未放弃努力。

终于到了高中时期，这个小男孩儿不但以优异的成绩考入大学，而且还成为了美国NBA的一名球员。他身价不菲，也得到了美国NBA的认可。他就是大名鼎鼎的NBA球员特纳。可以说，特纳的前半生总是遭受疾病的折磨，在加入NBA之前，他一直与疾病相伴而行。但在此期间，他的体质越来越坚强，他的内心也更加强大。正是妈妈和哥哥的爱，也是他自己的决不放弃，才让他走到今天。

对于每个人而言，人生就像是一条暗流涌动的河，每个人都是不谙世事的水手。要想逗弄这条河的波浪，却在涉足水中之后发现自己根本不知道深浅，即便如此，我们也不能退步，更不能放弃，因为要想到达河的彼岸，我们只能继续前行。

人生中，当遭遇坎坷和挫折的时候，与其退缩，不如坦然接受，与其抱怨，不如积极地想办法解决问题。没有人能够预测到人生的未来会是怎样的，但只要怀着一颗坦然勇敢的心，就能够做到从容应对。记住，只有心中始终充满阳光，人生才会变得阳光灿烂。

绝境不是绝望，而是希望

在人生之中，每个人都希望人生顺遂如意，而没有人愿意遭遇绝境。遗憾的是，命运总是与人开玩笑，使人不得不面对困境，甚至遭遇绝境。有的时候，人们正在春风得意、顺遂如意时，绝境也会不期而至，使人措手不及。其实认真想来，绝境并非意味着绝望，也同时代表着希望。只是我们很多时候都只看到绝望，而没有看到希望。当绝境真正来到我们的身边，它就是真实的存在，根本不可能消失，既然如此，一味地抱怨还有什么用呢？明智的朋友们会知道，与其一味抱怨，不如积极地想办法解决问题，这样才能抓住好时机，当机立断做出行动。否则，如果一味地沮丧叹息，反而会使事情更加糟糕和恶化，无法解决。

很多炒股的人都知道，当股票跌到最低点被套牢的时候，内心反而安静了。因为既然不能马上解决问题，能做的唯有等待，那么就要耐心地等待下去，才能等到解套的那一天。很多人心理素质不好，只是为了获利而去炒股，根本不能承受任何损失，一旦看到股票损失，就会歇斯底里。当损失金额达到一定程度的时候，他们还会因此而崩溃，甚至选择自杀。不得不说，这样的人对于盈利本身就缺乏正确的态度，所以才会任由情绪在盈利和损失面前大起大落，超过身心承受的极限。最近，钱宝事件中，几家欢喜几家忧愁。有在钱宝中挣了钱也没有太大损失的，自然沾沾自喜，而在钱宝中赔得倾家荡产甚至因此而导致家破人亡的，也大有人在。南京师范大学一位书记，儿子借了高利贷投入钱宝，导致一夜之间欠下三千多万的债务。父亲得知儿子陷入这样的危机，当即卖掉两套房产，还在学校里向所有同事借钱，想为孩子填补巨大的债务。不想，儿子不堪重负自杀，后来父亲也觉得人生绝望，因而在老父亲的坟前自杀。原本，这是多么好的一家人，父亲在大学里当教授，儿子自然也不会差。但是却因为儿子的贪婪，让整个家庭瞬间支离破碎。这就是贪婪让人陷入绝境，而绝境把人生压垮的现实。如果不那么贪婪，也知道这个世界上并没有天上掉馅饼的好事情，那么就不会发生这样的悲剧。

在给心把好关之后，我们更要坦然面对绝境。要知道，人生没有真正的绝境，很多时候，绝境恰恰意味着生机。最重要的在于，我们面对绝境要心怀希望，也要坦然面对。对于每个人而言，只有自己，才是真正能够走出绝境的人。记得在一部影片中看到，一个年轻人在穿越大峡谷的时候，不幸坠入峡谷，被一块石头砸中，导致一只胳膊无法移动。整个峡谷很少有人路过，年轻人一开始还想等待有人来救援，后来发现继续等下去只有死路一条。为此，他从随身带着的背包中找出刀子。这个刀子很迟钝，他尝试了几次都无法割断自己的胳膊，又不得不放弃。后来，口渴的他喝完了杯子里少量的水，好不容易等来下雨，却发现自己很可能被淹死。在暴雨过后，他不得不痛下决心，用东西砸断胳膊上的骨头，再用刀子割断血管、筋脉和血肉，然后逃离峡谷去求救。最终，他遇到了在峡谷中旅游的人，也活了下来。我们无法想象是怎样的求生欲望让他能够一刀一刀割断自己的血肉，然而，如果他不这么做，一定必死无疑。

还记得那只掉入陷阱里被主人放弃的驴子吗？面对主人想要把它活埋的困境，驴子没有放弃，而是勇敢地踩在主人丢入井底的泥土上，最终爬出井底，自己救了自己。面对绝境，我们一定不要放弃，只要我们不放弃，命运就不会放弃。相反，如果我们自己放弃了自己，那么命运也会放弃我们，这才是真正的绝境。

只要一息尚存，我们就该勇敢地拥抱困境，所谓绝处逢生的希望，也只属于那些绝不向命运轻易屈服的人。绝境不仅仅是让人绝望的磨难，更是让人充满希望的新生。要想主宰命运，我们就一定要努力改变心态，让自己哪怕面对绝境也能够一往无前，坚持不懈。这样一来，人生才会山重水复疑无路，柳暗花明又一村。

梦想是只属于你的

面对残酷的命运，人也许会被夺走很多东西，但是唯独梦想是永远属于自己的。除了自己的轻易放弃，否则没有任何人能够夺走我们的梦想，因为只要我们坚持，梦想就会常驻在心里，不离不弃。实际上，在现实生活中，每个人都是卑微的存在，看似默默无闻、悄无声息，实际上却非常伟大。最重要的在于，我们要认识自身的伟大，也要意识到他人的不凡。很多人总是看不上自己的梦想，或者觉得梦想太小，不值得去追求，或者觉得梦想太远大，与现实生活没有任何联系。实际上，不管梦想是大还是小，都是我们人生中的明灯，都能照亮我们心底里一晃而过的阴霾和黑暗。

不管什么时候，我们都要坚持梦想，唯有如此，梦想才会照亮人生之路。对于人生，梦想更像是一道门，梦想越大，人生的门就开得越大。就像人们常说的，站得高，看得远，如果始终不能在梦想中成就自己，那么人生就会变得迷惘。其实，人生的梦想不分大小，只要坚持，就是人生的希望所在。遗憾的是，现实生活中，很多人的梦想都被偷走了。还记得小时候，每当说起梦想，还不谙世事的孩子总是闪烁着晶晶亮的眼睛。然而，当孩子的梦想太大，父母会打击孩子。有的时候，当孩子的梦想不切实际，或者涉及到危险的事情时，父母也会不由分说否定孩子的梦想。例如，孩子说长大了想当兵，父母说当兵太苦，还有危险；孩子说想成为科学家，父母说有的科学家一辈子都没有任何成就；有的孩子说想当农夫，父母就会责怪孩子没出息。实际上，孩子的梦想不论是大还是小，都是值得尊重的，也是可以被悉心爱护和理应得到父母的支持与呵护的。作为父母，一定要保护孩子的梦想，而不要肆无忌惮打击孩子的梦想，否则孩子一定会觉得很沮丧，甚至觉得人生了无希望。有的时候，父母一句无心的话就会给孩子带来很深的伤害，父母自己却毫不知情，也不以为然。诸如有的父母听到孩子唱歌，开玩笑似地说孩子没有唱歌的天赋，孩子因此不敢再张口唱歌，实际上他的歌声犹如天籁般美好。对于每个孩子而言，父母都是他们最信任和依赖的人，因而作为父母，一定要善待孩子，不要总是对孩子口无遮拦，肆无忌惮。

当然，不仅孩子的梦想需要我们去细心爱护，对于自己的梦想，我们同样需要爱护。记住，梦想不是孩子的专利，哪怕作为成人，也应该有梦想，才能指引人生的道路。如果不幸小时候就被偷走了梦想，那么也没有关系。既然人生何时开始都不算晚，我们当然要为了自己的梦想而不懈努力，并且为了实现梦想而给予自己最强有力的支持。总而言之，一定要记住，梦想只属于你，而不属于任何人。此外，作为成人，尤其是已经当了父母的成人，还需要注意的是，不要把自己未完成的梦想强加给孩子。这几乎已经成为现代父母的通病，绝大多数父母都望子成龙，望女成凤，恨不得孩子马上就能完成父母的梦想。其实，孩子虽然因为父母来到这个世界上，但是他们并不是父母的附属品，而是一个完全独立的生命个体。唯有给予孩子更大的发展空间，他们才能更自由，畅想充满爱与美好的人生。

很多父母都打着为孩子好的旗号，以爱的名义绑架孩子。实际上，对于孩子而言，父母认为好的，并非是他们真正需要的。因而父母一定要真正尊重和平等对待孩子，才能更加理解孩子，也才能建立与孩子之间如同朋友般信任和理解的关系。

德国伟大的诗人席勒曾经说过，每个人都应该坚持少年时代的梦想。的确，少年时代的梦想是最纯真的梦想，也是最值得坚持实现的梦想。如果错过了少年时的梦想，等到垂垂老矣回顾往昔的时候，我们一定会觉得遗憾和羞愧。坚持，才能拥有实现了梦想的圆满人生。退一步而言，很多事情并非是能够主观决定的，如果我们真的已经为了梦想而尽力，那么即便不能真正实现梦想，也是了无遗憾的。

意志坚定，一念之间创造奇迹

人人都追求成功，人人也都想让自己的人生变得璀璨辉煌，然而对于成功，大多数人的理解都是错误的，他们总觉得只要自己尽力而为，就能得到成功的青睐，殊不知成功得来绝非易事。一个人要想成功，最重要的是全力以赴。当一个人尽力而为之后，却没有得到想要的结果，他们就会抱怨自己已经尽力了，却被命运捉弄，实际上很多人都有过类似的抱怨，然而却只有少数的人真正想过自己为何不能获得成功，或者为何在已经付出很多之后却与成功失之交臂。归根结底，只是因为我们尽力的程度还不够，就像有人曾经说的，如果你的努力没有得到回报，那么只能意味着你的努力还不够，你还要继续努力。所以说，尽力而为往往会让我们为自己找到借口，从而不愿意继续努力付出，甚至扼杀进取心，使得人生在前行的道路上遭遇无形的障碍。如果你不想再次错过成功，那么你一定要全力以赴、竭尽自己所有的力量奔向人生目标，这样一来，人生才能变得与众不同。

很久以前，有个猎人住在深山之中。猎人孤身一人，只养了一只猎狗为自己看家护院。眼看着冬天就要来了，猎人要去捕获猎物，为冬天储备食物。才走出家门没多远，猎人就发现有只兔子潜伏在枯草之中。他赶紧拿出猎枪射击，却因为一时心急没有瞄准，只射中了兔子的一条腿。原本，猎人以为兔子受伤之后一定跑不快也跑不远，但是没想到兔子非常顽强，尽管一条腿受了伤，却拖着受伤的腿拼命地往前跑。猎人当然追不上兔子，因而赶紧派出猎狗。猎人把猎狗放出去之后，让猎狗追赶兔子。但是猎狗看似凶很强壮，花费了很长时间在兔子后面穷追不舍，最终还是空手而归。原来受伤的兔子跑得实在太快了，虽然一路上留下血迹，却始终没有片刻停留。所以猎狗哪怕已经尽力了，也没有追上兔子。猎人看到猎狗这么无用，不由得怒骂猎狗一顿，猎狗明知道自己没有完成主人的任务，也不敢分辨，只是嗫嚅着说："主人，我真的已经尽力了，我跑到了自己最快的速度。"

就在猎狗被猎人怒骂的时候，兔子已经回到山洞中，终于安全了。看到兔子受伤流血的腿，兄弟姐妹们都担忧不已，意识到兔子一定是遇到了危险。兔子气喘吁吁，一看就是刚刚经历了玩命的奔跑。有一个兄弟问兔子："猎狗那么凶狠，你是如何逃脱的呢？"兔子一本正经地说："猎狗虽然凶狠，但他追赶我只是尽力而为，而我却已经全力以赴了。要知道，猎狗追不上我顶多被主人骂一顿，但是我如果不能全力以赴逃脱的话，现在早已成为了猎狗的腹中之物，也成为了猎人美味的午餐。"原来，兔子在负伤的情况下，之所以能够逃脱猎狗的追捕，是因为它已经全力以赴了。而强壮的猎狗之所以没有追上兔子，因为它只是尽力而为，而没有拼尽自己所有的力量。

每个人都有无穷的潜力，曾经有科学家经过验证，证实人的潜力就像宝藏一样，只有少部分得到了，其余的大部分宝藏则被深藏起来。用尽全力的人，则用了所有的宝藏，全力以赴把自己一切的能量都发挥出去。所以，全力以赴的人力量更强大，也因为做事的决绝，他们拥有破釜沉舟的决心和勇气。从另外一个角度来说，如果一个人愿意付出自己所有的力量去努力，那么他一定能够实现人生的愿景，也能够获得成功的人生。

在西雅图，一个牧师对孩子们说："人人都有巨大的潜能，只要能把潜能挖掘出来，就能够创造生命的奇迹。"为了让孩子们感受潜能的力量，牧师还承诺只要有人能够背下《圣经》中三章的内容，那么他将会自己掏钱请这个孩子去太空针高塔餐厅就餐。要知道，太空针高塔餐厅可是整个西雅图最高档的餐厅，去那里用餐的人往往有很高的身份地位和雄厚的经济财力，也是荣誉的象征。为此孩子们全都跃跃欲试，但是当看到三章《圣经》足足有几十页的时候，几乎所有的孩子都打起了退堂鼓，只有一个孩子坚信自己能够做到。

几天之后，这个孩子当着所有孩子和牧师的面，把三章《圣经》一字也不差地背出来。牧师简直被惊叹到了，因为他只是用这个看似不可能完成的任务来检测孩子们到底能不能激发出潜能而已，但是他从未想过真的有孩子能够做到这一点。牧师问孩子为何能够背下这么厚厚的一沓《圣经》，男孩直截了当地回答："因为我拼尽全力了。"多年以后，这个男孩儿成为了举世闻名的大富豪，他就是比尔·盖茨。

对于孩子而言，想要背下三章《圣经》显然是很难的。因为他们总是缺乏自制力，面对困难的时候情不自禁地想要退缩。比尔·盖茨能真正背下三章《圣经》，是因为逼迫自己发挥了所有的能力。现代社会竞争尤其激烈，如果一个人只满足于尽力而为，而从来不想发掘自身的潜力，把一切做得更好，那么他就注定要默默无闻。最关键的在于，我们的内心一定要意志坚定，相信自己一定能够创造奇迹，才能在一念之间走向成功。

坚持下去是一种成功的喜悦

还记得那一段艰难的备战高考的日子，每天起早贪黑，三点一线，做不完的试卷，背不完的诗词，解不完的电路分析，你肯定疲累过，崩溃过，想放弃过。但是，一步一步走来，你依然坚持在奋力向前的道路上，做完了高中所有的试卷，而在高考结束的那一刻起，仍旧没有放弃，因为新的学习的道路又在你的面前铺展开来，你又走在人生的另一个起点！

长大之后的你，可以不用再做那些学习时光永远做不完的试卷，不用再永远只以学习为重。你的生活渐渐地要被无穷无尽的工作包围着，做不完的数据和PPT，写不完的总结报告，但是依旧得每天打了鸡血一样地继续坚持往前冲。受委屈是免不了的，但是你依旧不埋怨，委屈了自己一个人哭一会，第二天依旧调整好自己的状态，精神饱满地监守着自己的岗位，坚持的力量让自己都觉得可怕！

人生就像一场向上攀爬的旅程，刚开始的几步欢欢喜喜，一身轻松，越往上走，你就会发现腿慢慢地变酸了。同样，身为小朋友的你没有任何的忧愁，每天开开心心地读书玩耍，也没有学业的压力，渐渐长大后也开始承受学习上的辛苦和生活中的其他压力，烦恼会越来越多！你有时候会默默地想：小时候的自己天天盼望着可以长大，可以走得更远，见到更多你想看到的东西，但是长大了之后却发现走得更远了，人的烦恼也变得越来越多！依旧往上攀爬会觉得更加疲惫，而人的烦恼也随着年龄的增长会变得更多，但是山得继续往上爬，因为山顶有最美的风景，所以人生也需要负重前行，坚持到底！

累了就歇一歇嘛！每个人都会有脆弱疲倦的时候，爬到半山腰，你也需要停下来歇一歇，看看山腰上风景，为自己的身体补充一点能量。人生坎坷时也需要给自己加加油，打打气，让自己可以拿出更大的勇气面对未来越来越多的暴风雨！长跑运动员就是最会运用坚持这一特长的人，他们一开始并没有跑的很快，只要让自己保持不是特别落后的位置匀速坚持着，厚积薄发才更能力挽狂澜。

佛说：人的一生有一百零八个福气，也有一百零八道坎坷！所以除了快乐的时光，人总是在经历磨难，因为没有艰难的人生经历做加持，就不能走到自己想要的人生高度，所以即便在自己想要做的道路上遇到了很多的艰险和挫折，坚持下去就是一种成功的喜悦。

张凯是一个很要强的男生，也是我的一位大学同学，当年我们的本科院校都不是很好，所学的专业又是一个难度极高、专业性极强的专业，所以在学业上很多人的态度都是听之任之，然后各自寻找其他的出路。张凯算是众多人中少部分一直坚持着的，每天上课提前占座，听课的时候认真做笔记，下课了还要向老师讨教看不懂的问题和代码调试上的不理解地方。毕业了之后，大家都在想着怎样能找到一个好的工作，寻得一个好的出路，而张凯已经考上了南京师范大学的研究生，开始了读书生涯的另一个阶段。有一天，我问他："一条道走到黑是一种什么样的体验？"张凯回答我说："可能会很难受，但是一定不会后悔。"是啊，人生就是一场又一场的坚持，只要拥有一颗坚定的心，并且不断的努力下去，就是与众不同的精彩人生。

张凯也曾向我吐槽过考研之后的烦恼，倾诉过代码调试出错误时候的崩溃，但是，人生的道路上，不就是一步一步地坚持下去，才能找到属于自己的领域，并且绽放自己的光彩吗！一路上，肯定有彷徨与不安，也有自我怀疑和自我否定，但最重要的就是明确自己的目标，一路的坚持最终不会白费，你一定可以找到最适合自己的那条路，所有人都可以。

第7章

努力在当下，做好你想做的事情

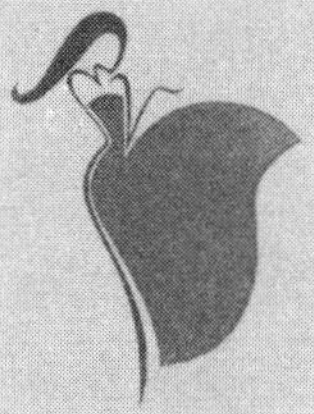

生活总是被许多东西束缚，让我们在做事情时小心翼翼、如履薄冰。想做就去做，假如不行动，我们就永远不知道以后会发生什么。毕竟，做自己想做的事情，成为自己想要成为的人，这是一种意义。

忘记昨天的不足，迎接今天的到来

常言道，人生不如意十之八九，面对人生，很少有人能够做到绝对满意。现实生活中，大多数人对人生只有七八分满意，甚至还有极少数的人对人生只有一两分满意。当然也不排除有个别人对人生是完全不满意的，因而他们才会四处大诉苦水，完全放弃对人生的努力。实际上，人生只有三天，昨天、今天和明天。毋庸置疑，昨天已经变成过去，成为无法更改的历史，而明天还未到来。每个人虽然可以憧憬明天，但是却远远无法把握明天。对于每个人的人生而言，真正能够把握的只有今天。所以人生要想成功，最重要的是活在当下，是通过把握今天，让自己拥有充实的昨天，也让自己拥有值得期待的明天。否则，如果我们一味地活在昨日的懊恼和沮丧之中，那么也就放弃了今日，放逐了明日。可想而知，人生还有什么希望可值得期待的呢？任何时候，每个人只有把握今天，才能改变明天，这是人生亘古不变的真理。

对于年轻人而言，虽然有着年轻作为资本，但却总是碰得头破血流。一路跌跌撞撞地走来，他们根本不知道人生应该如何度过，等到悔悟时，才发现已经人到中年，青春不再。实际上，这也是人生正常的状态，大多数年轻人在成长的过程中都会受到伤害。所谓的成长和成熟，是一路辛苦、不断历练，是把疤痕掀开，使其不断地堆叠在一起，渐渐地对于疼痛产生免疫力，也变得更加坚硬。在这种情况下，年轻人当然拥有更强大的力量面对生活的苦痛。除了持续结疤之外，还有很多方式可以帮助我们渡过人生的艰难阶段。例如每个人都应该学会遗忘，哪怕昨天再怎么遗憾，也不要牢记昨天的辛苦和悔恨。要记住，明天不是用来估计的，昨天不是用来怀念的，唯有彻底忘记昨天的不足，坦然迎接今天的到来，我们才能创造更美好的明天和未来。

高考中，小李发挥得很好，远远超过了自己的正常水平，分数线甚至超过了本科线二十几分。然而，在填报志愿的时候出现的失误，使得他与心仪的本科失之交臂，最终只能上一个专科学校。面对这样的结局，小李心中愤愤不平，即使在哭着奔赴大专院校报到之后，他也始终无法原谅自己的错误，更无法对自己的人生释怀。毫无疑问，小李是以全校第一名的成绩进入大学的，然而在进入大学之后，他始终沉浸在志愿填报错误的遗憾中，并没有发挥自己的特长，成为学校中的佼佼者，反而在见到任何人的时候都像祥林嫂一样重复自己为何会以高于分数线二十多分的成绩进入如今的大专学校。一开始，同学和老师还都非常同情他，后来他说得多了，大家都对他避之不及，也不愿意再跟他针对这个问题进行交流。因为每次在提起自己冤屈的二十多分时，小李都会无限贬低如今就读的大专院校，可想而知，这也就相当于贬低同学和老师们。一个学期下来，小李非但没有在学习上出类拔萃，反而使自己原本优异的学习成绩一落千丈，在班级里也进入后进生的行列。很多人之所以认识小李，是因为小李总是在学校附近的餐馆里买醉。作为一个男生，他这样消沉低迷，并不能引起他人的同情，反而被很多同学轻视。

转眼之间，三年的时间过去了，小李马上就要大专毕业了。他对自己没有任何信心，因为他知道自己在三年的时间里蒙混过关，白白荒废了大学生活。他彻底放弃了学习，总是沉迷于喝酒，这使得他精神萎靡，身体看起来也不健康。大学毕业后，同学们很快都找到了工作，唯独小李迟迟没有找到工作。有一次，他在一家私立学校面试时，居然连四级英语证书都拿不出来，这使那家学校对他非常不满。人们常说，人生就是破茧成蝶，就是凤凰涅磐，而且小李呢，就这样轻而易举放弃了宝贵的大学时光。可想而知，如果他一辈子都走不出报错志愿的阴影，那么志愿的错误就不仅仅使他错过大学，更是使他错过人生。

世界上，每个人都会有一些烦心事，正如人们常说的，家家都有一本难念的经。面对人生中的不开心和烦恼，我们可以调整心态，采取正确的姿态面对。例如，人生的本质从来不是幸福快乐，唯有真正接受人生的真相，不惧怕人生残酷的玩笑，我们才能做到坚强面对人生。要知道，人生中真正的勇敢者是在受到欺骗之后依然能够信任他人，是在受到伤害之后依然能够真心地去爱。唯有如此，人生才不会因为外界的一切而发生翻天覆地的变化，更不会因为外界无心的伤害而被彻底毁灭。

倾尽全力，便了无遗憾

记得在八几年的时候，特别流行培养孩子弹琴。爸爸给静静买了一个电子琴，这个电子琴花掉了四百多块钱，相当于爸爸妈妈几个月的工资。电子琴买回家之后，静静却觉得学琴太苦了。就这样，电子琴被闲置下来，虽然是家里最贵重的一个物件，但是却并没有实现自身的价值。上了初中之后，爸爸四处托人找关系，把静静调到市区的中学读书。这个时候，静静才发现身边的很多都多才多艺，而她却没有任何兴趣爱好。这时候，静静不由得感到懊悔，暗暗想道：如果小时候咬牙学习了电子琴，那么现在就能够演奏一曲，也能够让自己得到他人的羡慕了。

面对人生，每个人都需要良好的心态。很多人都曾经有过类似的经验，那就是在事发当时，因为畏惧困难或是因为害怕出力而总是逃避，最终使得自己无一事无成。而在事情发生之后，他们又因为觉得人生中似乎缺了些什么而感到遗憾。从静静的经历上，我们可以看出人生的前期如果总是嫌麻烦，不愿意付出努力，那么在后来就会痛恨曾经的自己不够坚持，惧怕辛苦，所以导致人生陷入被动之中。

生活中，总有一些人对生活充满抱怨，他们怨声载道，最喜欢说的词语是“想当年”“假如”等。实际上，人生最不该说的就是这样的词语，因为世界上从来没有卖后悔药的，光阴也绝对不会逆转。时间对于每个人都是绝对公平的，一旦悄然流失，再也不会回头，所以永远也不要说“如果”，因为人生并没有如果；永远也不要说“想当年”，因为说“想当年”对于人生来说是毫无意义的。很多事情只有在发生之后，我们才会意识到其中蕴含的深意，而如果在事情发生的时候我们懵懂无知，那么很可能浑浑噩噩地做出错误的决定。即便如此，我们也不应该感到后悔，因为对于人生而言，最重要的是向前看，而不是因为已经发生的一切感到无限懊悔。

岁月终将让我们意识到，曾经的不努力给自己的现在造成了多么大的困扰，我们也应该知道，只有现在努力，未来才会少一些遗憾。否则，如果我们现在继续浑浑噩噩，不做自己该做的事情，那么若干年后这些事情依然会成为心底的遗憾。看着别人面朝大海，春暖花开，我们一定会懊悔当初为何不能辛苦努力。也许你会觉得人生总是不公平的，甚至觉得命运总是特别偏爱某些人。实际上，这并非是因为你的努力没有得到任何回报，而是因为你的努力还不够，或者是你努力的方式不正确。真正明智的人，从来不会抱怨命运，而是更多地反思自己，让自己不断得以提升，也让人生拥有更好的未来。

假如你对自己现在的生活感到不满意，那你要做到不应该是抱怨，而应该是马上反思自己。要知道你如今对自己的不满意一定是来源于自己曾经对人生的不努力。正如人们常说的有因才有果，正是你在此之前的行为和表现，才让你现在对人生不甚满意。否则，如果你已经竭尽全力对人生付出努力，那么你又如何会陷入人生的困境呢？退一步而言，当你真的倾尽全力，你即使得不到自己想要的生活，也会了无遗憾。

对于年轻人而言，其实这才刚开始。很多事情都只是在拉开序幕，也因为年轻人对人生缺乏经验，所以感到迷惘和困惑。实际上，这些都是人生的正常表现。很多年轻人都以年轻为理由放纵自己，不愿意当即就展开切实的行动。殊不知，尽管青春是人生最大的资本，但是青春也是转瞬即逝的。每个年轻人都应该给自己加压，这样才能让不断进步。不要总是给自己留有退路，否则就会导致生活陷入更大的困境之中。还有很多年轻人总是盲目羡慕成功者的光环，觉得成功者之所以能够获得成功，都是因为命运的青睐，甚至是因为有特殊的背景。实际上，古往今来大多数成功者并没有得到命运的青睐，他们甚至比普通人的人生遭遇了更多的挫折和坎坷。就是因为他们在面对失败时决不放弃，坚持努力，所以他们才能最终收获成功的人生。因而朋友们，你们也没有资格抱怨生活，唯有反思自己，也正视自己，真正做到拼尽全力，你们才有资格说自己没有得到命运公正的对待。

人可以平凡，但是不应该平庸，生活也是如此。当生活剩下日复一日的枯燥重复，对于人生而言，还有什么意义呢？所以我们总要去努力地生活，也要想尽办法改变生活的模样，这样一来，在被别人质疑能力时，我们就可以做到问心无愧。人生的道路步履维艰，但是我们却从来没有放弃过，这就是对人生最好的交待。记住，年轻不是拿来挥霍的，而是用来努力奋斗的。只有在今日的努力奋斗之后，你的未来才会更轻松，也才会收获更多。

选对了做的事情，距离成功越来越近

心中突然回想起熟悉的旋律——“任时光匆匆飞逝，我只在乎你……”，这句歌词一直以来被当作对于爱人的告白，而实际上，这句歌词也可以作为对于爱好、兴趣、人生执着去做的事情的告白。如今的时代里，整个社会都越来越浮躁，更多人都会沉浸在对于功名利禄的盲目追求中，根本无法静下心来倾听自己内心的声音。渐渐地，我们每个人都难以避免地迷失了自我，沉浮在人生的无边黑暗之中。

有人说兴趣是最好的老师，是因为当人们做自己感兴趣的事的时候，才能全力以赴，也才能坚定不移。哪怕遭遇很多的困境和障碍，也可以做到不放弃。遗憾的是，当生活逼得人不得不妥协，很多人都不能一如既往坚持做喜欢的事情，而不得不向着残酷的现实低头，或者做自己本专业的事情，这还不是最糟糕的。最糟糕的是，有相当一部分年轻人都不得不做非本专业、自己也不喜欢的事情。这样一来，他们还如何能够坚定不移地做自己，又如何能把那些本身就有难度又缺乏兴趣支撑的事情做好呢？可想而知，结果往往不尽如人意。

任何时候，我们都不要对人生失去理想和志趣。否则，人生就会陷入各种困顿之中，未来也会因为不够满意的现状而变得黯然失色。在这个世界上，每个人都是贪婪的，都有很多的事情想去，也必须去做。但是，人生尽管漫长，每个人可以主宰和掌控的时间与精力实在太少了。正因为如此，人们才会说理想是丰满的，现实是骨感的，也可以说理想是浪漫的，而现实则是残酷的。

当我们还是一个小男孩或者是小女孩的时候，在春天轻柔的风里，在夏天绚烂的炎热里，在秋天丰收的喜悦里，在冬天飘雪的纯洁里，我们一定对于人生有着无穷的幻想和想象，甚至不知道天高地厚，也不知道人生几何。那时候的人生，总是轻飘飘的，那时候的我们，就像是真正的天使一样生活在天空高处、九霄之外。然而，随着时间的流淌，我们的翅膀越来越沉重，再也飞不动了，只能降落凡间，不得不接受生活中琐碎和残酷的现实。在漫长的一生之中，我们一定会有一个伟大的时刻，在这个时刻里，我们不知道要如何坦然地面对，但是却能够依靠着生命的直觉去感悟。任何时候，都不要忘记这样的时刻，它使我们的人生变得更加纯粹，也让我们的未来变得值得期待。

不管何时，我们都要坚定不移，坚持不懈，才能在人生的道路上始终努力奋进；任何时候，我们都要看清楚自己的内心，坚持自己真正想做的事情，哪怕遭遇坎坷挫折也不放弃，才能距离自己梦想中的人生越来越近；任何时候，我们都要非常努力，不忘初心，方得始终。

努力的人，配得上生活的馈赠

人是有气场的，这个气场，是由于能量团形成的，会对人生起到更好的指引和帮助作用，也能够打造人生的磁场。实际上，气场在生活中无处不在，例如当你靠近一个特别有自信的人时，就会感受到他的强大气场，会被他的热情和自信感染。再如，当你在面对人生的各种困境时，如果你很强大，态度强硬，那么你就会有能量战胜困难。反之，当你总是感到怯懦，畏缩不前，那么那些困难会感受到你的胆怯，会故意欺负你。

对于人生，我们一定要有态度，这样才能更加从容理性地向前，也才能坚持自己的主见，获得更精彩的未来。

任何时候，不努力，你有什么资格谈未来呢？只有努力的人，才配得上生活的馈赠，也只有努力的人，才能在面对各种困境的时候激发自己内心的力量，让自己更加蓬勃而出强大的力量，获得更好的成长。否则，如果看到困难就退缩了，则不管困难是大还是小，都不太可能战胜困难，获得胜利。

如今，有很多年轻人在运动或者走路的时候，喜欢带着耳机听音乐。当听着节奏很鲜明的音乐时，他们自己也忍不住要跟着音乐的节奏摇摆起来。这就是音乐的感染力。我们的气场、正能量，也是有感染力的。所以要想向着外界发射成功的电波，帮助自己获得成功，我们就要更加努力勤奋，这样才能把努力的电波发射出去，也才能吸引更多的好运气来到身边。

对于不同的人，我们常常会有不同的感受，这是因为这些人的脾气秉性各不相同，也是因为这些人对于人生的态度也各不相同。所以，他们的气质、气场以及给人的感受也是完全不同的。人人都渴望着人生开挂，然而，开挂的人生绝不简单，更多的情况下，我们必须坚持在平日里积累，不断地提升和完善自己，这样当遇到千载难逢的好机遇时才能够抓住，在努力的过程中也才能迸发出自己所有的力量。

大学毕业后，看似文静柔弱的雅菲选择从事销售行业。很多同学都不理解雅菲的选择，因为在他们心目中雅菲那么温柔，而且很不爱说话，如何能适合做销售行业呢？雅菲很明白，自己在这个城市里根本没有落脚之地，而家里为了供养她上学已经花费了很多的金钱，为此她必须依靠自己在这个城市站稳脚跟。

进入销售行业后，雅菲最大的挑战就是要战胜自己不好意思的心态。为了锻炼自己的胆量，让自己哪怕当着陌生人的面也可以侃侃而谈，雅菲拿着公司里的宣传彩页，逼着自己去人多的地方进行推广。一开始，雅菲话还没有说出来呢，脸就先红了。但是随着时间的流逝，随着不断地坚持，雅菲变得越来越大方。如今的她不但面对客户可以侃侃而谈，就算面对很多陌生人，也可以从容应对。从事销售工作一年多的时间，雅菲只要不是休息，就一定是全公司到办公室里最早的那一个。趁着办公室里的同事们都还没有来，雅菲会静下心来制订一天的计划，知道自己一天之中需要完后哪些事情。等到同事们忙乱地展开工作时，雅菲已经完成了很多工作，而且也已经开始按部就班完成接下来的事情。为此，雅菲的工作效率总是全公司最高的，她也节省出更多的时间来充实自己，提升自己。一年多之后，雅菲被提升为销售主管，对于一年之中大半年都是销售冠军的雅菲，大家对她的晋升心服口服，绝对没有其他意见。雅菲觉得自己的人生就像开挂一样，对于未来，她充满了信心。

有人说，你把努力放在哪里，哪里就会开花结果。尤其是在这个竞争激烈的时代里，每个人要想生存，要想获得成长和发展，都是很难的。但是，难，从来不是不去做的理由。面对人生的各种困境和障碍，我们一定要非常努力，才能突破和超越自己。记住，让别人感受到你的努力，你的努力就会感染别人，也会赢得别人的尊重和信任，还能得到别人的羡慕。

正如人们常说的，心若改变，世界也随之改变。更确切地说，面对世界的态度改变，人生也随之发生改变。此时此刻，不管你在做什么、想什么，都没关系，也不要把自己困住。当你的心拥有开放的态度，当你积极热情地拥抱生活，当你全身心地投入生活，你就一定会更加深入地感受到生活的温度。你会发现，当你对生活微笑，生活也对你微笑；当你对生活努力，生活也会对你更加努力。每个人都要对生活发射努力进取的电波，才能得到生活丰厚的馈赠和回报。

在哪里努力，哪里就会回报你

时间就像是一粒种子，你把时间种在人生的哪里，人生的哪里就会开花。很多时候，我们把时间种在某一个人生的阶段，却忘记了自己曾经播种，而有朝一日，这粒种子经过不断地孕育，居然绚烂绽放，开花结果，给你带来意外的惊喜。正如人们常说的，所有的努力都会开花，实际上，努力就是花费时间，你把时间花在努力上，就是在哪里努力，哪里就会开花，这一点是毋庸置疑的。

伟大的诗人李白曾经说过，“天生我才必有用，千金散尽还复来”。不得不说，李白的一切诗句里都透露出豪情壮志，而面对人生，我们也应该有这样的热情和豪气，才能点燃生命的烈焰，让自己在生命的历程中熊熊燃烧。实际上在很多人眼中，那些看似没有用的努力，却会给我们带来很多的好运气。为此不要吝惜付出自己的力气，而是要更加拼搏前行，挤出时间来坚持做很多事情，这样才能让人生绽放。既然时间总是要流淌，与其让时间白白地消耗掉，不如把时间用来做有意义的事情。而努力，就是人生中最大的时间投资，也会回报率最高的。即使你一贫如洗，身无分文，你也可以很努力，从而积极地改变自己的人生状态。有的时候，当一个人拥有太多，反而会陷入各种困顿之中无法自拔。从这个特殊的角度来看，失去很多，丢掉一切，反而可以光脚前行，无所畏惧，也可以在努力的时候不用担心那么多，让自己破釜沉舟，无所畏惧。

小鹏从小在农村里长大，因为爸爸妈妈都在外面打工，爷爷奶奶也没有那么多的精力管教他，所以他每天除了上学，就是在山上跑着玩。和其他孩子喜欢在山上摘野果、抓野兔等不同，他最喜欢看山上的石头。每次上山，他都会捡来一堆石头。这些石头质地不同，色彩各异，有的显得很光滑，有的则显得很粗糙。他喜欢各种各样的石头，一有空闲就上山捡石头，居然渐渐地把家里的院子都堆出一座小山来。有一次，爷爷嫌弃各种石头实在太占空间，看着也碍眼，为此把他的石头都扔掉了。他很伤心，还因此很长时间都不理睬爷爷呢！后来，他又用了很久捡回来很多石头。为了研究这些石头，他刻苦钻研石头的质地和形状，但是因为缺乏研究的器械，为此他走了很多弯路，却很少有进展。在这个过程中，有人嘲笑他，说他的研究根本没有任何作用，反而是不务正业。对于他人的说法，他总是淡然一笑："没关系，这就是我的爱好，不用那么急功近利，喜欢就好。"后来，他高中毕业没有考上大学，就去建筑工地上打工。有了一些属于自己支配的钱之后，他就开始购买工具书，也会花费很多的钱买设备研究石头。尽管父母对此有很大的意见，觉得他把钱都浪费了，但是他还是一如既往，丝毫没有减少对石头的喜爱。

转眼之间，时间过去很多年，他依然那么普通寻常。一个偶然的机会，他去缅甸旅游，看到很多人正围绕着一块石头在下赌注。他在此之前从不知道石头还可以这么玩，也一眼就看出这块石头非常有价值，为此，他毫不迟疑拿出自己所有的积蓄，买下了这块石头。果然，这块石头是璞玉，价值不菲。此后，他越来越喜欢赌石，也觉得自己对石头这么多年的潜心研究终于可以派上用场，为此他更加喜欢钻研石头，也从赌石开始，变得越来越富裕。后来，他还考取了资格证书，成为了鉴赏界的超级大师。

在别人看来，他研究石头一点儿用处都没有，还要花费很多的钱去买各种各样的书籍、器材和设备。但是，他就是凭着爱好坚持，把很多休闲的时间都用于研究石头，也节省出来很多钱花费到石头上。所谓功夫不负有心人，他终于在历经大半生之后，在缅甸遇到了赌石，也把自己的一生所学找到了发挥空间。

在这个世界上，尺有所短，寸有所长。不管何时，我们都要全力以赴做好自己该做的事情，才能不断地积累经验，让自己从量变到质变，让自己变得与众不同。只有真正努力的人，才会专心致志地做事情，才会对于人生有更加深刻的理解和感悟。否则，如果人生总是茫无头绪，没有条理，那么就会导致人生效率低下。人生是需要规划的，只有做好人生的计划，也按部就班做好该做的事情，我们才能腾出更多的时间来应付人生中的各种惊喜和意外。当然，不管想要拥有怎样的人生，我们都要先强大自己，这才是最重要的。只有足够强大，成为真正的人生强者，我们才能畅行人生道路。

早一点开始，便能更早地认识世界

也许你没有看过张爱玲的作品，但是你一定听说过张爱玲的那句："出名要趁早。"做什么事情都要给自己留有余地，因为更多的准备时间往往会减少出错的机会。经过一遍又一遍的查漏补缺，反复检查，你可以把一件事情做到几近完美的状态，所以尽早开始就是留给自己更多的时间成本和更多的准备，也许这就是离成功最近的一次。

曾经有人做过一个调查，一个人如果想要掌握一项技能，成为这个领域的专家，就要不间断地练习10000个小时。10000个小时就是417天，一年多的时间不吃不睡什么也不干就一直在学习，才能达到一个专家的程度。所以，尽早开始就会让实现的机会更早一点。每个人心里都曾给自己埋下一个梦想的种子，也许是很小的时候，也许是开始读书的时候，也许是在青春年少的时候，总之，当你意识到自己要为这个世界、要为自己做点什么的时候，就是开始的最好时机。

之前有一个5岁的小男孩在网上晒出了自己的简历，让很多网友都大开眼界，表示自己一个985毕业的本科生都自愧不如。看着一条一条的兴趣爱好，看着一页一页的英文书单确实让人惭愧，而他的父母表示让孩子尽早接触更多的东西，并不希望每件事情都做到精通，只要过程中不留遗憾那就是值得的，长大了也能更快地找到对自己来说更有意义的事。早一点开始，便能更早地认识这个世界，这是颠覆不破的真理。

王礼是一个软件公司的创始人，年经轻轻就已经拥有了自己的公司，当很多同龄人还在大学的校园里浑浑噩噩，还有很多年轻人在为了生计奔走忙碌，为了工作跑上跑下的时候，他已经在参加各种论坛，主持很多重要的会议，对于他的人生来说：尽早开始是最大的幸运。小时候，他就对数学表现出极强的天赋，对于各种逻辑运算也是信手拈来，于是，爸爸妈妈看他很感兴趣，就帮他报了奥数班，让他在学校的学习之余巩固数学思维。对于奥数班，他并没有像同龄人一样觉得是一个负担，反而觉得很有意思。当然，王礼也没有让父母失望，小学的时候，他就在奥数竞赛中夺得了第一名。可以说，在小学阶段，王礼的数学水平已经超出了很多的初中生。

在初中的时候，王礼又接触到了一个改变他生命轨迹的东西，那就是互联网。互联网的世界很纯粹，就是用另一种语言来解决生活中的很多难题甚至是很生活化的东西。于是，王礼便花大部分的时间来学习计算机语言。随着时间的推移，他的能力越来越强，高中的时候，他开始参加软件大赛，并且在某一次比赛中取得了第一名的好成绩。凭借着独出心裁的设计，他开始了一个新的人生起点，和一群志同道合的伙伴一起注册了公司。

但是单单尽早开始也只是一个起点而已，接下来的路就需要脚踏实地，专注一件事情，这才能带来成就感。就像王礼一样专注地寻找着大片枯燥代码中的错误，当终于找到了就会有莫大的快感，也像小时候做的数学题，转换了无数次的思路，当终于找到正确的解法，也能获得无限的满足感。

人生就像一场长跑，起点有些许细微的差距，但是失之毫厘差之千里，正确地找准自己的方向，早一点开始，也许能早一点发现错误，便也能早一点改正，重回正途。早一点开始可以弥补时间上的不足，记住，梦想的起点是也许就是你比别人成功的资本。

第 8 章

如果眼中不只看到悲伤，你也可以很快乐

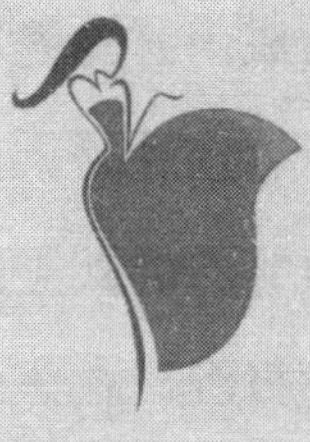

假如你的眼中不只看到悲伤，我们也可以很快乐。做个内心阳光的人，不忧伤，不抱怨，坚强向上，靠近阳光，努力成为更好的自己。毕竟，内心的强大，永远胜过外表的浮华。向前走，即便风雨兼程，就是为了遇见最好的自己。

留一份快乐在心中，赢得整个人生

有的人杞人忧天，遇到一点点小事就开始胡思乱想，好像自己成为“鸟笼”的俘虏，最终，那些想象的事情把自己都吓坏了。这就是人们常说的庸人自扰，本来生活中并没有那么多的烦恼，但就是因为心中的忧虑凭空多出了许多的烦恼，使自己终日沉浸在焦虑之中，每天过得心惊胆战。其实，有时候需要我们看开一些，不要把事情想得那么糟糕，留一份快乐在心中，那样就会赢得整个人生。

那些快乐的人，他们口袋里装满了祝福；而那些疲惫的人，他们口袋里装满了指责。一路上他们同行着，快乐的人会把那些不必在意的负担丢掉，而疲惫的人却选择了丢掉祝福，所以，快乐的人的行囊越来越轻松，而疲惫的人会感觉越来越累。生活中的我们都要做快乐的人，千万别庸人自扰。

画家张大千先生长着很长的胡须，平时说话的时候，用手捋着自己的胡须，样子十分和蔼可亲。有一次，一位朋友问他晚上睡觉胡须怎么放，结果那天晚上，他为了合适地安放自己的胡须彻夜未眠，不知道该把自己的胡须放在哪里才好。那些平常都不会担心的事情，怎么一在意就出问题了？在生活中，不止是张大千会有这样的烦恼，每一个普通人都会这样想。人的天性里都比较敏感，因为有思想，所以也能思考，但想得太多，同时也把那些简单的事情复杂化了，从而给自己带来一些不必要的心理压力。当你太过在意某一件事情，反而会弄巧成拙。

反之，你用平常心来对待这些事情，就会发现它们不过是微不足道的小事。在桌面上有一张白纸，上面有一个小黑点，如果就这样看，黑点根本没有影响到白纸的干净，但假设你戴上了放大镜，那白纸就显得很脏了。但值得讽刺的是，在实际生活中，绝大多数人会拿着放大镜。所以，凡事看开一点，不要庸人自扰。

《新唐书·陆象先传》："天下本无事，庸人扰之而烦耳。"

唐朝时候，陆象先是一个很有气量的人。当时，正值太平公主专权，宰相萧至忠、岑义等大臣在太平公主的笼络下都纷纷都投靠她。而陆象先却选择洁身自好，从来不去巴结讨好太平公主。先天二年，太平公主事发被杀，萧至忠等被诛。受这件事牵连的人很多，象先暗中化解，救了许多人，那些人事后都不知道。

先天三年，象先出任剑南道按察使，一个司马向象先劝说："希望明公采取些杖罚来树立威名。要不然，恐怕没人会听我们的。"象先说："当政的人讲理就可以了，何必要讲严刑呢？这不是宽厚人的所为。"先天六年，象先出任蒲州刺史。当时，如果吏民有罪了，大多开导教育一番就放了。录事对象先说："明公您不鞭打他们，哪里有威风！"象先说："人情都差不多的，难道他们不明白我的话？如果要用刑，我看应该先从你开始。"录事惭愧地退了下去。象先常常说："天下本来无事，都是人自己给自己找麻烦，才将事情越弄越糟。如果在开始就能清醒这一点，事情就简单多了。"

这是一个"庸人自扰"的典故，庸人自扰之，那些自己让自己担忧的人只能被称为庸人。他们既不是强者，也不是智者，也许有人会问，难道那些所谓的强者或智者就没有麻烦吗？当然不是，强者或智者一样也有烦恼，有时候也会做庸人自扰的事情，但是，他们与庸人的区别在于：强者或智者会尽量化解那些烦恼，不让它们困扰自己；而庸人则只会沉浸在自扰的漩涡中，不断地沉沦下去。不要做一个庸人，让自己成为生活的强者，成为人生中的智者。

每个人生活在这个世界，都会碰到一些烦恼的事情，这是很正常的，关键是看你如何去对待，假如你以平常心对待，那小事就是小事，一点事情都没有；如果你放大了小事，那就变成大事了。所以，无论你遭遇了什么，都要积极主动去面对，应该怀着信心，努力就好，不要对未来没有发生的事情而担忧。

庸人为什么会自扰呢？其实，理解起来很简单。他们在某些时候，把现实中的问题看得很大，而把自己看得很小，以为自己遇到了难以解决的问题，所以陷入了自扰。这无疑是自寻烦恼，即便是遇到了一点鸡毛蒜皮的小事，往往也会担心得无所适从，不知道怎么办才好。

烦恼的天空看不见美丽的彩虹

佛说："烦由心生。"那么心呢？生活中，大家都不过是凡夫俗子，怎么会有那么多烦心的事情呢？有什么值得烦恼呢？一个人在烦恼时都有这样或那样的理由：受到了不公正的待遇会烦恼，受到他人的辱骂会烦恼，受到朋友的欺骗会烦恼，等等。虽然只要一个人还活着，他就免不了遭受这样或那样的烦恼，但是，凡事不可尽如人意，又何必要烦恼呢？何故要抛弃开心呢？而且，烦恼并不是一件皆大欢喜的事情，既伤自己的身心，还会给身边的朋友带来忧虑。所以，学会为生活多增加一些阳光雨露，开开心心，不要烦恼，烦恼的天空是看不见美丽的彩虹的。

德国哲学家康德曾说："发怒，是用别人的错误来惩罚自己。"或许，别人的错误是应该受到惩罚，但并非一定要通过自己的生气来实现，而且，生气并不能达到惩罚他人的目的。既然错误在于别人，自己为什么要生气呢？难道自己发了很大的脾气，对方就能受到惩罚吗？结果恰恰相反，气得大哭，红肿的是自己的眼睛；气得一个人喝闷酒，伤害的是自己的身体；气得丧失理性，疯狂购物，挥霍的是自己的钱财，其实，这都是对自己的惩罚。而且，生气非但解决不了问题，反而会把问题弄的更加复杂。所以，面对他人有意或无意造成的错误，请学会开心，这样，生活的天空就会时常出现美丽的彩虹。

从前，有一个妇女，她心胸狭窄，总是为一些小事生气，每一次生气，她都没有办法控制自己。长此以往，妇女的脾气变得越来越坏，为了改掉自己的坏毛病，妇女向一位大师求助。见到大师，妇女就把自己的苦恼一股脑儿全倒出来，大师听了，一句话不说，就把妇女带到了一个封闭的柴房里，然后，把大门锁了。妇女气得破口大骂，她一个人在漆黑的屋子里骂了很久，但是，没有一个人来理会他。妇女骂累了，她想到自己无论骂多久都是没用的，她又开始哀求大师开门，但是，大师还是无动于衷。

后来，妇女沉默了，大师才来到了门外，问道："你还生气吗？"妇女回答说："我生气的是我自己，我真是瞎了眼，怎么会到你这种地方来受罪。"大师眼睛看着远处，说道："连自己都不原谅的人怎么能心如止水？"说完，拂袖而去。过了一会儿，大师又来了，问道："还生气吗？"妇女回答说："不生气了。"大师追问："为什么？"妇女无奈地回答："气也没有办法呀。"大师点点头，说道："但是，你的气并没有真正的消逝，那气团还压在心里，爆发后将会更加剧烈。”说完，大师又离开了。

大师再次来到门前，妇女主动告诉大师：“我不生气了，因为这根本不值得。”大师笑着说：“还知道值得不值得，可见你心中还有衡量，还是有气根。”妇女不解，问道：“大师，什么是气？”这时，大师打开了房门，将手中的茶水洒在地上，妇女想了很久，恍然大悟，向大师叩谢而去。

在大多数的时候，生气并不能真正地解决问题，即使心中有气，问题也未必能够好转。而且，生气是一件不值得的事情，既然生气了还是不能解决问题，那何不怀着一份开心的心情来面对呢？积极乐观的心态或许会对解决问题有良好的助推作用，同时，我们摆脱了“气团”的打扰，重新获得了一份愉快的心情，这何尝不是一件美事呢？

哲人说：“生命的完整，在于宽恕、容忍、等待和爱，如果没有这一切，即使你拥有了一切，也是虚无。”生活中本没有那么多的烦恼，而是心境选择，烦恼才会源源不断，从而使我们的生活开始不得安宁。

如果你能仔细回想每一件事情，你会发现，原来上天也很眷顾自己，亲人一直陪伴左右，朋友也从未主动离弃。为什么一定要烦恼呢？烦恼是一种奇怪的东西，若是吞下去会觉得反胃；若你根本不在意它，那么，它会主动消失。

如果你总是任由内心的烦恼横冲直撞，那么，乌云将笼罩整片天空；如果根本不在意烦恼的存在，那么，美丽的彩虹会重归生活。人生的快乐是享受不尽的，哪里还有多余的时间去烦恼呢？在任何时候，我们应该永远记住：快乐烦恼，皆由心生。

为忧虑做减法，让人生更从容

现实生活中，很多人都陷入各种各样的忧虑之中无法自拔，因此迷失了原本幸福快乐的心，使得人生被乌云遮蔽。实际上，人生中的很多忧虑根本没有必要存在，曾经有心理学家专门针对人们的忧虑做过实验，最终证实了很多忧虑不会发生，完全可以放心。心理学家要求参与实验的人们把忧虑的事情都写在纸上，然后各自标注姓名，交给心理学家。似乎实验对象在把忧虑写在纸上之后都觉得轻松了，因而全都放下心来去过自己的生活。等到一段时间之后，心理学家再次召集实验对象，把曾经写满忧虑的纸片发给他们。事实证明，只有少部分人的忧虑变成了现实，而大部分人的忧虑根本没有发生。为此，心理学家告诉人们："你所担忧的事情未必会发现，即使真的会发生，忧虑对于解决问题也根本没有任何好处。既然如此，为何还要让忧虑扰乱自己的心绪呢？"在心理学家的劝说下，人们都变得开朗起来，再也不因为无所谓的事情而烦恼忧愁了。

人生之中既有快乐，也有忧愁，很多事情虽然需要未雨绸缪，但也要把握好合适的度，否则未雨绸缪就会变成杞人忧天，也会导致人生面临更多的困境。活在当下已经是非常艰难，为何还要预支明天的烦恼和忧愁呢。就像一日三餐，只需要用心做好当下这一餐，专心享受当下这一餐，根本无须为了下一餐吃什么而烦恼，更不要为了下一餐还要洗碗刷盘子而忧愁。对于人生，每个人既要会做加法，也要会做减法，这样才能保持平衡，让人生更从容。

在辽阔而又气候恶劣的撒哈拉沙漠中，生活着一种沙鼠。沙鼠是灰色的，显得灰头灰脑，但是生命力却特别顽强。每到干旱季节即将来临时，为了给自己储存足够的粮食，沙鼠就会囤积很多草根。然而，哪怕过了干旱季节，草地上长满了草根，沙鼠也还是会不停地囤积草根，把找到的草根全都搬运回洞穴里。似乎只有睡在装满草根的洞穴中，沙鼠才会觉得他是安全的，否则就焦虑地不停叫唤。

沙鼠为何要不停地囤积草根呢？实际上，这是由遗传基因决定的。沙鼠对于食物的短缺有一种本能的担心，所以他们才需要大量囤积超出自身需求几倍甚至几十倍的食物。事实证明，沙鼠的劳动往往是毫无意义的，他们囤积的树根也根本派不上用场，但是沙鼠就是不愿意放弃囤积，最终使得自己也不堪重负，万分劳累。

因为沙鼠的个头比较大，曾经有科学家想用沙鼠代替小白鼠来做实验，但是却发现沙鼠哪怕在丰衣足食的环境中，过上优渥的物质生活，也会很快死去。医生经过解剖和研究发现，沙鼠的身体非常健康，没有任何不适，只是因为没有囤积到足够的草根，所以导致精神焦虑，也使得内心焦灼不安。最终，精神上的不适影响了沙鼠的身体健康，他们最终在紧张焦虑中死去。看到这样的故事，相信有很多人都会嘲笑沙鼠的愚蠢，殊不知在人类的世界里，也有很多人和沙鼠一样紧张不安，也和沙鼠一样做着无用功。

从现在开始，不要再为不必要的事情而忧虑，记住，人生原本就是一场磨难，只有集中精力应付好当下，才能拥有充实的昨日，也拥有美好的未来。所谓世上无难事，庸人自扰之，恰恰告诉我们大多数焦虑根本不会发生，而焦虑从根本上而言只是人们无法控制自身情绪的紧张状态。千万不要杞人忧天，一则天不会塌下来，二则就算天真的塌下来了，也有高个子顶着呢。如此想来，就放宽心面对人生吧，不管是经风历雨还是饱经磨难，一切都是命运最好的安排，我们所要做的就是坦然接受，坚强以对。

痛苦之后，内心更显幸福的光芒

幸福是一种美好的感觉或享受，而痛苦则是人主观感受上折磨。人的天性往往是努力追求幸福而避免痛苦。然而，上帝总是成双成对地创造一切，它让幸福与痛苦也成为了形影不离的好朋友，于是，幸福与痛苦之间形成了一种微妙关系。

从主观上讲，每个人都希望获得幸福而避免痛苦，但是，幸福的降临往往有痛苦的伴随，如此诞生的幸福滋味确实令人难忘。

试想，如果你总是轻而易举地赢得幸福，你会体会到真切的幸福吗？所以，痛苦是幸福的代价，痛苦成为了进入幸福之门的钥匙，在痛苦的映衬之下，我们的心会变得更能感受到快乐。

《果核里的时间》的作者，科学大师霍金为世人所推崇，不仅是因为他的智慧，还因为他是一位人生的斗士。

在一次学术报告会上，一位年轻的女记者跃上讲坛，问这位在轮椅上生活了三十多年的科学巨匠："霍金先生，卢伽雷病将您永远的困在了轮椅上，您不认为命运让您失去的太多了吗？"霍金依然用他坦然的微笑，面对着这个尖锐的问题。他用自己还能活动的手指，艰难的叩击着键盘。不久，宽大的投影器上出现了这样醒目的几行字：

我的手指还能活动；

我的大脑还能思维；

我有终生追求的理想；

我有我爱和爱我的亲人和朋友；

对了，我还有一颗感恩的心……

短暂的安静之后，掌声雷动。人们纷纷涌向台前，向他表示由衷的敬意。

霍金先生在轮椅上度过了他人生的大部分时间，他用自己的智慧乐观为自己的人生赢得了前后两位妻子，他用自己的坚强写下了许多不朽的物理著作。病魔困住了他的躯体，却没有困住他自由伟大的灵魂。他并非从来没有为失去感到过痛苦折磨，只是他更看重自己拥有的，更重视快乐，所以，他才有更卓越的人生。

痛苦常常来得无声无息，它考验你的毅力与坚韧，假如我们能顽强地与之抗争，逃离痛苦的阴影，重新给心以幸福的方向，那么，在痛苦之后，内心会更显幸福的光芒。痛苦并不可怕，只要内心能够找到快乐方向的人，幸福的钟声一定会被敲响。

总是有人问本·沙哈尔："你能帮我消除痛苦吗？"本·沙哈尔却感到不解，不明白为什么要用这种态度来对待痛苦。他这样说道："痛苦，也是我们的人生经验，会让我们从中学到很多，人生的成长和飞跃，经常发生在你觉得非常痛苦的时刻。"当某些人觉得幸福的滋味太过于平淡，那么，在痛苦的偶尔穿插中，你是否感到幸福的心会更加快乐呢？

毫无疑问，幸福与痛苦就是上帝创造的一对双胞胎，它们无时无刻不游离在我们左右。幸福与痛苦来自同一源泉，相比较，一个人的客观条件不论有多好，当他与那些条件更好的人相比，就会产生痛苦；相反，一个人的客观条件有多坏，当他与那些条件更坏的人相比，就会感到幸福。

即使我们不与他人相比较，有时候也会与自己相比：假如现在比过去好，我们就会感到幸福；假如过去比现在好，我们就会感到痛苦。当然，无论是幸福还是痛苦，我们都可以有所选择，主要取决于你的心态。比如，当痛苦来临的时候，所有的事情都很糟糕，但是你依然看到了事情美好的一面，那幸福将战胜痛苦。

真实的幸福是痛苦与痛苦之间的间隙。我们总是渴望着快乐，但这只会带来失望与不满，最终导致了内心负面情绪的产生。一个幸福的人，并不是拒绝痛苦的人，他也会有情绪上的起伏，但整体上能够保持一种积极的心理。由于经常被积极的心理所引导，从而感染了快乐与幸福，就很少被负面情绪所困扰。所以，在人生漫漫途中，快乐是常态，痛苦只是小插曲。

心态积极，幸福触手可及

心理暗示在日常生活中随时随地都可以看到，它是用含蓄、间接的方式对人的心理状态产生影响的过程。一般而言，暗示又分为他人暗示和自我暗示，当遭遇不公平待遇时的积极心理暗示是一种自我暗示，即自己把某种观念暗示给自己，并使它实现为动作或行为。自我暗示的作用是巨大的，不仅能影响自己的心理与行为，还能影响到我们的生理机能。另外，只有积极的心理暗示能起到增进和改善的作用，反之，消极的暗示能扰乱我们的心理、行为以及人体的生理机能。当你习惯地想那些快乐的事情，你的神经系统就会习惯地令自己处在一个快乐的心态，这时你会发现幸福是触手可及的。

积极暗示心理学家马尔兹说：“我们的神经系统是很‘蠢’的，你用肉眼看到一件喜悦的事，它就会做出喜悦的反应；看到忧愁的事，它就会做出忧愁的反应。”于是，积极的暗示产生积极的心态，消极的暗示产生消极的心态，对我们自己来说，尽量避免运用消极的暗示。

假如把全球人口维持人类的各种比例压缩成只有100人的部落，可以看到这个部落的人员构成为：57个亚洲人、21个欧洲人、14个美洲人、8个非洲人；52个男人、48个女人；30个白种人、70个非白种人；30个基督徒、70个非基督徒；89个异性恋者、11个同性恋者；6个人将拥有全部财富的59%；80个人的居家生活不甚理想；70个文盲；50个人营养不良；1个人即将死亡，1个人即将生产；1个人拥有大专学历；1个人拥有电脑。

因此，最终得出这样的结论：如果您今天早上醒来时还算健康，恭喜您，因为有100万人将活不过一星期；如果您不曾经历过战争的危险、被监禁的寂寞、被凌虐的痛苦或是饥寒交迫，恭喜您，您比5亿人还好命；如果您可以参加宗教活动而不必担心被骚扰、逮捕、凌虐或死亡，恭喜你，您比30亿人还自由；如果您的冰箱里还有食物、有衣服穿还有地方住，恭喜您，您比全世界75%的人还富有；如果您在银行里有存款，钱包里有钞票、还有一些零钱，恭喜您，您是全世界前8%的有钱人；如果您的双亲都还健在而且没有离婚，恭喜您，您算是幸运儿；您可以读这篇文章，那是双重幸运：有人想到您这个朋友，而有20亿人根本不识字！

这个经典的故事就是一种积极的心理暗示，如果你能感恩于生活，那你会发现幸福其实很简单，它近得触手可及。在这个物欲横流的时代，你拥有多少金钱并不能说明你有多幸福，你拥有多高的社会地位与权势并不能证明你比他人更幸福。每天，只要我们能给予自己这样的心理暗示，那就意味着自己是幸福的。

在辅导班里，有一位60岁的教授，他谈吐幽默风趣，专业知识精深。但是，给学生印象最深的却是他每一次进教室都精神饱满，面带笑容，而且每次都会带上一束花放在教室的花瓶里，虽然每一次带来的花都不一样，但都鲜艳美丽。学生不禁产生这样的疑问：教授为什么总是感到如此幸福，难道生活就没有什么不顺心的事情吗？

课程结束之后，一位学生向教授表示了自己的感激之情，同时，提出了一直存在心中的疑问。头发花白的教授笑了笑，说："其实，我只是不断地暗示自己：一切都会好起来的。前些天，老伴在一次车祸中走了，孩子又在外地工作，我一个人在家里很孤单，本来我已经退休了，但我还想继续执教，教师这份职业让我感到快乐。在工作之余，我最喜欢养花，在我家的院子里一年四季都有花香，我把这些花送给了朋友、邻居以及喜欢这些花的陌生人。我每次带来的花都是自己种的，能给别人带去快乐，我自己也感到很幸福。”闻着那些花香，学生感到幸福正抚摩着自己的脸颊。

在生活中，我们常常会感到悲伤、烦闷，总是认为幸福是一种奢侈品，难以把握。其实，只要我们学会了积极的心理暗示，那幸福是触手可及的。

习惯于幸福的人会在每天对自己说：“今天的天气真好，一切都会顺利的。”而不幸的人会说：“今天一切又不会顺利。”有时候，幸福对于我们来说只是一种选择，谁也不能决定你的幸福，只有你自己。

幸福只是隐藏在生活细碎的事情中。幸福隐藏在琐碎的事情之中，就如同点点粉末洒在日常事物之中，当我们的眼光太过于高远，就看不见那些随处飞扬的尘埃。所以，别计较太多，如果我们每天都在细数着自己身边的幸福，那么，幸福的指数就会一直上升，最终成为一种习惯，伴随我们左右。

第9章

成为更好的自己，才能配得上更多的美好

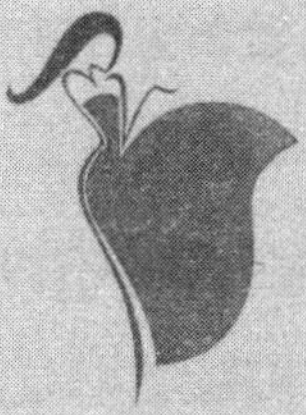

在最美好的时光里，不要辜负自己最好的年华。你是自己人生的主角，注定要为这一趟旅程付出所有的努力，填满所有的光阴，在最好的年华里，成为更好的自己。因为只有成为更好的自己，你才能配得上更多的美好。

先成为好的自己，才能遇到对的人

现实生活中，很多人都在抱怨自己没有好运气，不是说自己没有赶上好的高考政策考入名牌大学，就是说自己付出了很多却没有收获，要不就吐槽男朋友或者女朋友对自己不好，或是失恋。不得不说，在这些人的口中，他们的人生从来没有好时候，总是各种倒霉各种委屈，就连听的人都快听不下去了。难道命运会专门捉弄某一个人吗？当然不会。就像命运从来不会故意偏袒或者青睐一个人之外，命运也从来不会捉弄一个人，所以哪怕遭遇生命的坎坷和困境，也不要总是对于命运有太多的抱怨。只有怀着坦然的心境面对和接纳命运的一切馈赠，我们才能更加有的放矢地面对人生，也才能在生命的历程中做好自己该做的事情，完成自己的梦想。

有人说，琼瑶的爱情故事毒害了很多人，这样的说法其实是有道理的。现实生活中，很多女孩因为受到琼瑶剧的影响，对于爱情总是怀有不切实际的梦想，甚至误以为自己即使作为灰姑娘也一定会遇到白马王子。实际上，这样的误解会使得我们错失真正的爱情，那就是有一个并不那么完美的人，需要我们与之携手并肩在人生的道路上砥砺前行。生活从来不是顺遂如意的，爱情更不会像我们所渴望的那样灼热和纯粹。只有不断地努力前行，只有持之以恒地进取，成就更美好的自己，才能遇见更美好的未来。记住，在这个世界上除了父母，没有任何人必须宠爱着我们，所以我们必须更加辛苦和努力，才能在奋进的过程中变得更加坚定不移，变得更加不忘初心。也有一些女性对于爱情怀着奋不顾身的态度，总觉得自己只要足够努力，坚持付出，就一定会收获更美好的爱情。实际上，爱情既不是一味地索取，也不是一味地付出就能得到的。只有不卑不亢，让自己成为一棵树，才能在爱情中保持坚定。正如著名诗人舒婷所说的，不要当攀援的凌霄花，而是要以树的想象与所爱的人比肩而立。

在两情相悦的爱情中，我们必须与所爱的人相互理解，相互尊重，才能更好地磨合，获得更协调地成长。很多人对于所爱的人往往没有深刻的理解，也不懂得对方的爱；或者自己虽然很好，却不能被对方所珍惜和了解，这样的爱情显然缺乏相互理解的共同基础，也会导致两人不能合拍，甚至出现很多相互干扰的因素。

记住，人生中没有任何一段经历是白白浪费的。不管何时，不管是沉寂还是肆意张扬，我们都要做好更好的自己，才能在人生的道路上静待花开。

在爱情中，张爱玲把自己低到了尘埃里。虽然胡兰成并不那么专情，而且还常常给她带来很多麻烦，但是她从未嫌弃过胡兰成。她那么骄傲，那么清高，却把自己在胡兰成面前无限地放低。即使胡兰成与护士小周有了婚外情，甚至在隐瞒着张爱玲的情况下与小周结婚，张爱玲也没有那么恨胡兰成。相反，她还把自己的稿费用于接济胡兰成，可谓对胡兰成做到了仁至义尽。

然而，即便如此，张爱玲也没有得到胡兰成的真心，最终被伤害得体无完肤，不得不选择独自疗伤。直到遇到赖雅，张爱玲一颗孤独漂泊的心重新得到了安慰，为此尽管赖雅又懒又穷，张爱玲也始终不离不弃守护在他的身边，也始终与他相依相伴，执手不离。最终，赖雅还是先走一步，孤独的张爱玲也在颠沛流离一段时间之后独自去世，晚景凄凉。

作为民国时期的大才女，张爱玲很张扬，说着“出名要趁早”，却因为选择和汉奸胡兰成在一起，个人的发展也受到很大的禁锢。但是，即便张爱玲把自己低入尘埃里，她还是没有成功地获得胡兰成的爱情，最终在和胡兰成在一起3年之后被伤害得体无完肤，身心都受到很大的伤害。疗伤很久才能慢慢复原。如果张爱玲对于爱情的态度也能那么清高孤傲，也能坚持做最好的自己，也许结果就会不同。

人生在世，不管是女性还是男性，永远也不要委屈自己去迎合身边的人，更不要因为对的人迟迟没有出现就对此感到心急如焚。记住，只有先成为更好的自己，我们才有可能遇到对的人，才有可能遇到优秀的人。如果我们总是在成长过程中感到迷惘和困惑，也总是对于人生抱有太多的未知可能性，则一定会感到内心焦虑不安，最终的结果是仓促找到一个错的人，导致自己的人生发展也陷入困境，甚至是绝境。

每个人在这个世界上生存，目的并不是为了满足自己对于爱情的渴望，而是要能够成为自己，成为更好的自己。正如人们常说的，你若盛开，清风自来，这就告诉我们每个人都有可能遭受人生的困厄，最重要的是要努力向前，给予自己的人生更多的机会和可能性，人生才能真正绽放。记住，失去爱情并不可怕，最重要的是不要失去自己。如果总是在爱情中迷失，如果总是因为人生的困厄而对自己毫无信心，这样的将来也必然黯淡无光，也必然导致人生陷入困局。只有成为更好的自己，你才能把握自己，也才能掌控人生！

当你足够优秀，自然吸引人

生存永远是这个世界上最永恒的话题。每天数以万计的人都在为了生存而努力地奋斗着，所以，这个世界上不缺乏努力的人，而你要做到的是努力并且有方向、有效率，所有的事情都能做到最出色，才能从芸芸众生之中脱颖而出，能够站在金字塔顶峰的人才能更好的掌握自己的前程和未来。

人都有无穷无尽的欲望，站在一个优越的位置上，永远都想要更好的东西，也许你的能力欠缺，也许你需要磨炼的时间还不够充分，这种情况下你会需要花费更大的时间和精力来提升自己的能力以匹配你的职位所需。所以控制自己的欲望，更好的东西可能本身就不太适合你，在自己目前的岗位上发光发热，做到最强最出色也是对自己人生最美好的诠释。

当然，与其做山顶上最特殊的强劲松柏，不如做山下的一棵小树苗，这也是一件快乐的事，同样地经历这世间的风风雨雨，也同样地沐浴春风暖阳；与其做高不可攀的太阳，不如做一颗夜空中独自闪亮的星星，东升西落，俯瞰世界；与其做傲视群雄的狮子，不如做一只缓慢生活的小绵羊，每天过好自己的生活，也同样很是惬意。

野田圣子是日本的邮政官员，在日本政府是一个相当重要的职位，而在野田圣子还是一位妙龄少女的时候，她也经历了跟所有同龄人一样的磨难和挫折。多年前的某一天，野田圣子从家乡来到了东京帝国酒店谋得了人生的第一份工作，虽然只是一份服务员的工作，但是野田圣子也异常地珍惜，便在内心暗暗的决定：一定要尽自己最大的努力把这份工作做好。不料，领导给他安排的第一个工作却是：洗厕所，并且要求很高，刷过的马桶一定要光洁如新，没有一丝污垢。然而，对于一个刚刚进入社会的小姑娘，不能说从小锦衣玉食，也是一个喜爱洁净的女孩子。而对于洗厕所这种事情不管在身体上和心理上都会有所排斥。当白皙的双手拿着抹布伸进散发着恶臭的马桶的时候，野田圣子就不断地犯恶心，而光洁如新这个要求就更加得难以完成。一时之间，作为一个职场新人，野田圣子陷入了深深的迷茫和自卑之中。她开始反思自己到底是不是走错了路，是放弃现在已经找到的工作另谋出路，还是继续坚持这个常人难以接受的工作。

人生的路那么得漫长，不能随随便便打退堂鼓，野田圣子在心里决定一定不做别人看不起的人，既来之则安之，一定要把所有的事情全部都做好。在这关键的时刻，公司的一位前辈也注意到了这个新来的小姑娘心中的不安和自我否定，他进来之后，拿起抹布面无表情的伸进马桶里，认认真真里里外外的把马桶洗的干干净净，随后洗洗手，跟野田圣子善意的说了一句加油便离开了。这更加坚定了野田圣子想要做得更好的心，她暗自决定：就算做个洗厕所的服务员，也要做最出色的那个。

振奋精神后的野田圣子工作起来更加的努力和称职，渐渐地她开始超越了自己的前辈，慢慢地她接触到了更多的工作机会，凭借着坚定的人生信念和一丝不苟的工作态度，她能把所有的一切事务全部都处理得很好，最后她成为了日本政府很重要的邮政官员。

人生的每一步都要靠自己坚毅的态度和不惧怕困难的决心来完成，只有你拥有了明确的目标，严肃地对待想要做的事情，并且想成为一个很出色的人，你才能有更多的时间和精力来面对其他的事情，更加自如地处理自己的生活。

当然，做事情也要讲求效率，没有意义的重复都是在浪费生命。你身边有很多人每天都在自己的岗位忙忙碌碌，但是依旧做不好工作、处不好职场关系、工作了很久都没有得到晋升的机会，好的工作方式能够提高自己的工作效率，最大程度地达到自己的目标。人生没有捷径，也不需要盲从，适合自己的才是最好的，只有你足够强大了，才能更加吸引别人的目光。

沉淀苦难，经历本身就是一种收获

小的时候，我们一直梦想着可以长大，那样可以想做什么就做什么，可以实现自己的理想，可以去领略祖国大好山河的美景。长大了之后才能更加明白，成长需要过程的积累，慢慢学习才能支撑自己从容地面对生活中所发生的一切，才不至于在挫折来临之时慌乱了手脚、失去了方向。人生就像一壶好茶，只有烧开了的水才能冲出风味更加绝妙的好茶。

生活总是会在下一个转角给你带来很多的不幸，也会在下一个路口给你带来全新的曙光，在大起大落面前，你不能丢失了强大的信心，不能否认从前所做的所有努力，因为也许在下一个路口你就会发现可以大有用处。人的一生中会接触到越来越多的新事物，也许当时学习它的时候并没有觉得这些知识到底有什么用处，但是你所学习到的东西终究是你的，它会沉淀在你的记忆之中，终有有一天会派上用场。

上天不会亏待每一个辛勤付出的人，只要你足够努力，不管经历多大的艰难困苦，终有一天你会绽放出自己的光芒！所以人生中的每一步、每一个你所面对的你目前认为的不可逾越的鸿沟，都是对你人格最大的磨炼。你想要变得更强，只能不顾一切地继续往前冲，跨过每一座高山，越过每一条河流，当你可以云淡风轻地跟所有人谈论你之前的遭遇，那么你就成长了，沉淀了之前所有的苦难，你会发现自己可以更加坦然地面对未来即将要发生的一切，经历本身就是人生的收获。

杨丽萍是中国现代一位伟大的舞蹈家，在她还是舞蹈演员的时候就已经凭借自己完美的舞姿征服了每一位观众的心！年幼时候的杨丽萍也经受了巨大的磨难，很小的时候父母就离异了，身为家里的长女，她便在心里给自己绑定了更为沉重的责任，她要照顾弟弟妹妹的生活起居，也想方法给家里减轻负担。

小时候杨丽萍的生存记忆之中大部分都与贫穷和辛苦有关，你无法改变人生的先天条件，只能依靠自己的努力。没有经过任何的舞蹈培训的杨丽萍凭借着自己与生俱来的舞蹈天赋和平时的刻苦练习，在1971年从自己的村寨走了出去，进入了西双版纳州歌舞团。进入歌舞团的杨丽萍遇见了更大的世界，也深深地认识到自己的不足，便更加刻苦地练功，因为她知道，没有足够的基本功和实力就无法更加自由地用舞蹈表达自己想要表达的东西。她想在舞蹈的世界里看到更多不一样的自己，因此她开始寻找自然，贴近自然，并不断加强自己的舞蹈功底。

当然，没有一位伟大的舞蹈艺术家没有经历过舞蹈带给自己的伤痛，只要有开始，便一定有一个从生疏到熟练的过程，而这一艰难的过程中所有阶段都是考验人的身体极限的。前一段时间，杨丽萍作为音乐剧的总导演和主演，即使已经摔伤，依旧打着石膏完成所有的舞蹈动作，当谢幕的时候坐着轮椅出现在大家的面前时，现场爆发了雷鸣般的掌声。人们为她的坚持而感动，也为她精妙的舞姿所动容。

有人说："杨丽萍是世界上唯一一个最接近大自然和上帝的人。"是啊，这样一位伟大的舞蹈艺术家更加懂得如何用舞蹈来表达对这个绚丽多姿的世界的爱，也能用自己唯美的舞姿表达出这个世界的形态。而做到这些完全离不开这么多年来的坚持，坚持最动容，有实力坚持才更加让人钦佩。

冷泡也能泡出茶来，但是沸水泡出来的茶才会更加醇香，才能让人回味无穷。这个世界不缺乏努力拼搏的人，这个世界也需要那些一直坚持努力拼搏的人，面对困难无所畏惧，面对伤痛淡然接受，你需要用你的坚强照亮未来的成功之路，你需要用你的底气铸就锋利的宝剑，在未来更加繁杂的世界披荆斩棘。这样的你值得所有人的掌声！

有实力的人生出类拔萃

对于年轻人而言，最重要的是什么？有人说是梦想，有人说是潜能，也有人说是运气，还有人说是机遇……不管说什么，都是很有道理的，因为提到的这些方方面面，对于人生而言，都是至关重要的，也是不可或缺的。然而，要想实现梦想、激发潜能、抓住机遇、展开行动，最重要的在于一定要有实力。为此，我们也可以说，对于任何人而言，实力都是最重要的。这是因为一个人只有有实力，才能做好人生中的很多事情，也只有有实力，才能证明自己的真实能力和水平。有实力的人生总是不容忽视，也不容小觑；有实力的人总是出类拔萃，卓尔不群。

每个人都渴望获得成功，拥有卓尔不群的人生，也非常努力想要在成功的道路上不断地崛起。然而，成功从来不是轻而易举就能获得的，天上也没有掉馅饼的好事情。要想接近成功，得到好运气的青睐，我们就必须充实自己，让自己拥有真正的实力，这样的人生才会获得发展和成长，也才会拥有璀璨的未来。

曾经有人说，从短期来看，对年轻人而言美丽帅气最重要；从长期来看，对成年人而言充满智慧最重要，因为容颜无法抵御岁月的侵蚀，而智慧却能够在时光的沉淀里变得更加充实厚重；从人生的角度而言，每个人都要有实力，这才是最重要的。不管是容貌为我们争取到的机会，还是智慧为我们成就的好运气，我们都需要具备实力，才能证明自己。

古往今来，那些成功者成功的原因千千万万，但是他们都有一个共同点，就是都非常有实力。当然，我们需要区分的是，实力与天赋是不同的。天赋，顾名思义，取决于先天因素，而实力，是在后天成长中不断形成的。实力并非是一种单纯的能力，有很多因素都对它起到影响和决定作用。记住，命运不会青睐任何人，当你看到别人一夜成名，或者突然之间就获得成功的时候，不要盲目地羡慕他人有好运气，而是要更加想到别人在成功之前付出的努力。每一个成功者在成功之前，都曾有不为人知的努力，这一点毋庸置疑。

那么要想获得成功，我们就要有实力，用实力说话，用实力为自己代言，这样我们才会有更大的资本获得成功。所谓实力，具体而言，就是自己区别于别人的强大能力，就是战胜困难的精神，就是永不服输的勇气。一个人，只有有能力、有精神、有勇气，才能真正增强自己的实力，也才能让自己的人生在不断努力进取的过程中绽放光彩。现实生活中，也有很多人有各种各样的人脉资源，也常常会采取求助于人的方式来帮助自己获得机会、获得成功。不得不说，这样的捷径很难让人获得实力，只有坚持用自己的能力解决问题，才能不断地成长，也才能让自己获得更多成功的可能性。

在动物世界里，雄鹰为了锻炼雏鹰形成飞翔的能力，甚至会把雏鹰推到悬崖下面，逼着雏鹰在生命面临危险的时刻，努力飞翔；鹿妈妈在小鹿出生之后，只等到小鹿睁开眼睛，就会踢着小鹿挣扎着站起来，这是为了让小鹿尽快站立，学会奔跑，好躲避随时都会可能遇到的危险；狮子妈妈为了锻炼小狮子，也会狠心地把小狮子推到深谷里，让小狮子绝地求生……然而，在如今的人类社会中，太多的父母都把孩子当成手掌心的宝贝，全方位呵护和照顾孩子，让孩子在无忧无虑的环境中成长，习惯了衣来伸手，饭来张口。这样的孩子即使长大成人，也无法独立面对人生，因为在漫长的成长过程中，他们已经习惯了被照顾被呵护，也习惯了索取。正如一位伟大的教育专家所说的，父母的溺爱是对孩子最大的伤害。作为父母，一定要学会理性爱孩子，也要根据孩子的成长发展阶段有的放矢地锻炼孩子的能力，否则就会让孩子变成生命中的怯懦者，也会彻底败给命运；否则，等到父母希望孩子能够支撑起自己人生的天空，也支撑起家庭，给父母依靠，孩子一定会让父母感到失望。毕竟一个人如果连自己都照顾不好，他是根本不可能照顾别人的！

古往今来，一切成功者都是有实力的人。李时珍三次参加科举考试都落榜，但是他没有气馁，而是凭着对于医药学的热爱，走遍名山大川遍寻百草，最终成为了大名鼎鼎的医药学家；司马迁能够创作《史记》，是因为他在遭遇宫刑之后依然能够坚持在狱中完成巨著，所以《史记》才会被后世的鲁迅先生赞誉为“史家之绝唱，无韵之离骚”；爱因斯坦小的时候也很愚钝，对于老师安排的做小板凳的任务，他做了三次才完成，而且还不那么令人满意，但是他在科学研究的道路上始终坚持进取，所以才能成就自己的伟大科学事业……总而言之，没有实力的人是很难获得成功的，任何时候，我们都要不忘初心，砥砺前行，才能在人生的道路上越走越远，也才能把自己的人生道路越走越宽！

经营好自己，拥有与世界抗衡的力量

很多人都把爱自己作为口号，总是叫嚷着要爱自己，然而，他们真的能够做到爱自己吗？为了更多地爱自己，他们在自己身上花费更多的金钱，例如女性会花钱去美容，去健身；男性会花钱去旅行，开拓眼界。其实，爱自己除了要给自己花钱之外，还要给自己花费更多的时间。所谓爱自己也要在自己身上投入时间，就是让时间在自己的身上开花结果，这样地爱自己，才会不断提升和完善自己，让自己变得更加强大。人人都抱怨命运无常，也不知道应该怎样应付生命历程中出现的各种情况。其实，以不变应万变是很好的选择，当然，不变不是一味地墨守成规，而是要与时俱进地改变，要以自身的成长作为应付外部世界的万能方法。

遗憾的是，现实生活中有很多人不懂得尊重自己，更不懂得爱自己，为此他们常常会在生命历程中迷失，也不知道自己到底需要怎么做才能做得到更好。人生就像一场未知的旅程，也像是一条长河，在不断流淌的过程中，让自己时时都在经历更新的世界。不管外界如何改变，我们的心都要保持笃定，不管人世如何变迁，我们都要全力以赴做好自己，才能在成长的道路上变得更加强大和坚定执着。

如今，时代发展的速度很快，整个社会都处于日新月异的改变之中，常常有人会对外部的一切应接不暇，也会因为人生的无奈而让自己陷入被动的状态。实际上，生命从来不曾改变，我们需要调整的是自己的内心。一个人如果内心惶惑，不管外表多么理性从容，都无法做到更好。反之，一个人如果内心笃定，那么哪怕他们面对的人世变幻万千，他们也依然能够全力以赴做好自己，无所畏惧成就自己。这才是最重要的。

很多人都会盲目地羡慕他人。看到他人取得成功，他们也想获得成功，看到他人在成长道路上得到好运的青睐，马上会抱怨自己为何从来没有这样的好运气。不得不说，好运气不是乞求来的，而是每个人争取来的。在生命的历程中，我们必须拼尽全力，无所畏惧，才能勇敢向前。而一旦我们内心深处有小小的动摇，都会因此而迷失自我，更别说是笃定做好自己，完成自己的理想和志向。为此，不要只是幻想和憧憬着美妙的人生，我们更需要做的是内心笃定，尊重自己、爱自己，从而才能在人生的道路上越走越远，也才能绽放自己的华彩，让自己拥有与众不同、绚烂多彩的人生。

那么，怎样才能为自己花费更多的时间呢？不要误解，每天躺在床上睡懒觉，深夜了还在拿着手机刷屏，这不是爱自己、舍得为自己花费时间的表现。偶尔睡一睡懒觉会得到极大的满足，如果每天都在睡懒觉，则只会让自己变得消极懈怠，也无法在人生之中有良好的表现。此外，拿着手机刷屏更是在浪费时间，因为时间总是悄然流逝，未来看似遥远，其实已经来到我们的身边。所以真正明智的人不会一味地沉浸在青春正好的迷雾中，而是会意识到人生短暂，青春的时光更是转瞬即逝，为此要把宝贵的青春时光用于学习和充实自我，在日积月累之后，自我必然会有更好的改变和成长。

为自己花费时光，把人生最宝贵的资源——时间投入到自己身上，再发挥主观能动性，我们就会有很好的改变。例如，当我们坚持读书，也许读过一本书或者十本书我们都不会有太大的改变，但是当读过几十本书、上百本书，我们就会变得大不同。书香浸润我们的气质，也浸润我们的人生，让我们的成长有很多不同的改变，也有很多的提升。在这种情况下，不要一味地抱怨命运无奈，而是要更加有的放矢地面对人生，更加全力以赴地经营好人生，我们才会更加勇敢无畏地畅行人生的道路。

有些朋友会抱怨命运残酷，或者抱怨自己运气不好。其实，我们的一切成长与发展并非完全取决于客观外界，而是更大程度上取决于我们的内心。人生从未有随随便便的成功，只有不断地努力向前，只有坚持点点滴滴地积累，我们才能在成功的道路上一往无前，才能在人生的道路上披荆斩棘、乘风破浪前行。

爱自己，为自己花费时间，除了学习和充实自己之外，还要学会经营和打理自己。在这个世界上，从未有无缘无故的爱，也没有无缘无故的恨，既没有无缘无故的失败，更没有无缘无故的成功。只有好好爱自己，把自己经营好，才能让自己具有与这个世界抗衡的力量。所谓以不变应万变，正是要在自我充实和强大的基础上。

有个女孩被诊断出肌萎缩性侧索硬化症。这种病症的发展速度很快，也许只需要半年的时候，女孩就会因为全身肌肉萎缩而只能与轮椅相伴，甚至失去生命。在被医生宣判死刑之后，女孩有一个心愿，就是希望自己可以得到纯粹无私的爱。医生感到很为难，又想帮助这个女孩，为此对女孩说："你能做到无条件爱别人吗？或者爱自己也行，只要是无条件的。你必须自己先做到，我才能帮助你。"女孩点点头，说："我可以试着去做，我知道这很难。"

随着身体日渐衰弱，女孩看着镜子里面色憔悴、形容枯槁的自己，暗暗想道："这样的自己，让我自己都很讨厌，我怎么还能奢求得到别人无条件的爱呢？等我做到可以无条件爱自己，我再去奢求别人吧！”从此之后，女孩完全改变心态，她每天都告诉自己“爱自己”，也在很多细节方面做到更加关注自己，更加理解和尊重自己。最终，女孩的状态发生了改变，尽管她依然没有康复，还是疾病缠身，但是她的精神状态发生了很大的改变。她看着自己，觉得自己精神抖擞，也觉得自己意气风发。每天，她还会坚持写日记，记下自己的各种状况，也对于自己的身体改变采取接纳的态度。她每活着一天，都在全身心投入地接纳和喜爱自己。等到医生来为女孩检查身体的时候，惊讶地发现，女孩不但精神面貌有了翻天覆地的变化，而且身体情况居然停止恶化，出现好转的迹象。这简直是个奇迹，医生不知道到底发生了什么事情，问过女孩之后，才知道女孩一直都在全力以赴爱自己。医生兴奋地告诉女孩：“接下来，你要继续爱自己。因为只有爱自己，你才能获得来自心灵深处的力量，这种力量的作用比治疗的效果更好，说不定就能拯救你呢！”女孩淡然地说：“我已经不奢望获得拯救，但是我很清楚，只要活着一天，我就要爱自己！”

我们无从得知女孩最终的命运如何，也不知道女孩的身体能否完全康复，但是有一点可以肯定，就是女孩在想清楚人生的道理之后，不会再因为疾病而感到特别懊恼，也不会强求得到他人纯粹无私的爱，因为她已经拥有了自己的爱，这就已经足够了。爱自己，告诉我们如何与自己相处，如何面对自己孤独的灵魂，也让我们在人生未来的道路上勇敢前行。

在整个大自然里，每一个生命体的力量都是非常孱弱的，既然如此，就不要梦想着征服世界，也不要为了那些毫无意义、远大到没有可能实现的梦想而浪费时间。不如从此时此刻开始就当机立断开始爱自己，这样的爱会让我们面对人生的心更加笃定，更加坚强，也会让我们的人生在面对各种人生境遇时，做到兵来将挡、水来土掩，无所畏惧。

第 10 章
坚定做自己，做好自己就是最大的成功

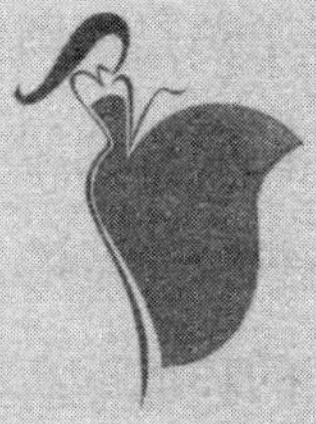

生活中，我们需要坚定做自己，因为做好自己就是最大的成功。不管做什么事情，我们根本不需要去在意其他人说了什么，他们喜欢说什么就说什么，只要我们坚持做自己，自己的路自己走好就可以了。

坚定的目光是对未来最好的诠释

人都是缺乏安全感的，从小到大都是这样。小的时候，淘气孩子总是用顽皮来引起大人们的注意。长大后的你依旧希望自己能够得到所有人的认同，可以让所有人都能够对自己做的事情报以满意的目光。人是一种需要群居的高级动物，喜欢在热闹的环境下活动，也总希望自己能成为闪光灯的的焦点，得到所有人的夸奖和认同。可是人无完人，总会有人在某些方面对你产生不好的印象，所以，只要做好自己每天都有收获，就不必在乎别人的眼光。

所谓的缺乏安全感，其实都是自身实力欠缺的一种表现，当你在你所在的领域里达不到本身需要的能力，就会在众人面前展示出自己的不自信，当然，不自信也许跟自身的心理因素有关，但是实力就是一剂良药，总能治愈很多因不自信而导致的怯场。所以，你要做的就是努力不断提高自己的实力，在自己所在的领域里成为专家的，就能够在更多的场合畅所欲言，当实力已经上升到一定的程度，便可以以另一种全新的视角来看待整个领域，全局观能给人带来新的灵感。

实力就是一种永远也抹不去的保障，在你拼搏的道路上，难免会有别人的质疑和嘲笑，那又怎么样呢！学到的知识都是自己的，别人拿不走抹不掉，而一味地对你指指点点的那些人也注定只能碌碌无为地过一生。当你已经算是一个行业的领头者之后，你依旧能够听到别人的闲话，所以人的一生本身就不能做到让所有的人都满意，不管你处在哪个阶段，你都要接受有些人异样的眼光。努力充实地过好人生的每一天，只要坚定地做自己想做的事情，那每一天就都是有意义的。

王成大学刚毕业的时候，像很多大学生一样，对未来的一切都很迷茫但又充满着期待。终于开启了人生的一个新的阶段，自己可以在这个社会大展拳脚；同时，离开了学校的庇佑，进入社会这个大熔炉，内心又有很多的不安，这个世界的不确定性太多，而属于自己的一片天地又在何方？在北京读了四年的书，王成热爱这个现代与古典文化结合得恰到好处的城市，也早就习惯了这个城市各个方面的便利和底蕴，读书时每到周末约上三五个好友，一起去感受几千年来延续下来的氛围，看着前人留下的智慧，他早已习惯了这里的生活。所以他决定留在北京。但是这一决定中最大的障碍就是父母。

王成出生在一个小城市，虽没有北京的繁华，但也是一个适宜居住的城市。王成是家里的独生子，因此，毕业之际，王成的父母便找人托关系在银行帮王成找好了工作，就等着王成一毕业便可以回老家，安安定定地在银行上班，娶妻生子。但是王成不想要这一成不变、一眼望到头的日子，他渴望留在北京，即使要住地下室，每天数着手里的钱过日子，也不愿意像一个机器人一样没有灵魂地工作。因此，他头一次没有遵照父母给规定的生命轨迹，毅然决然地留在了北京，从一无所有开始。由于在学校里王成专业课学的很踏实，所以顺利地找到了一家公司，很快办理了入职。但是，在北京这个寸土寸金的城市，最困难的是租房子，离公司近的地方租金特别高，而租金便宜的地方又离公司特别得远，权衡利弊之后，王成在离公司不是很远的地方租了一间隔板隔出来的小房间，这样留下来的时间便可以用来学习，在课余的时间给自己充电。

渐渐地，王成越来越熟悉公司的业务，对自己的工作也变得更加熟练，随着时间的推移，王成的职位在上升，工资也在增加，也在自己的领域里有所成就。

每个人都有自己要走的道路，你不可能让所有的人都对你满意，王成的父母在他刚毕业的时候是不赞同他留在北京的，毕竟北京那么大，不知何时才能有自己的落脚之处。可怜天下父母心，王成的父母也是心疼他，怕他受委屈，但是天大地大，好男儿志在四方，年轻人多吃点苦总是没有错的，所以只要坚持自己的道路，做出成绩之后总会让那些不相信你的人对你投以钦佩的目光。

每个人在这个世界上都有自己的使命，只要坚定自己的方向，不管遇到多大的困难，不管别人对你的梦想多么地反对，对你选择的道路投来多少的冷嘲热讽，都不需要理会，有这个时间还不如去好好思考，如何才能让自己离目标更进一步。坚定的目光是对未来最好的诠释。

相信自己，所有的一切会水到渠成

人与人之间的信任是极其宝贵的，更难得的是，在这个人人都可以很优秀的世界，相信自己，你就拥有了可以变得更加优秀的力量。读书的时候，班上的前几名永远是基本固定的那么几个人，进入企业之后，能够把工作做得妥妥当当的人也总是那些踏实的那几个人，每个人都在自己的轨道上兢兢业业，但是我们也并不是注定平凡，每年的高考，总有一些优秀的考生博得大家的眼球，也总有一些同事在别的兴趣爱好和特长上大放异彩。

适合自己，并且一直坚信自己能行才是对自己最大的负责。在现在这个社会里，很多人都对自己很没有信心，更谈不上相信自己能够把一件事情做得尽善尽美，因此做到自信还需要很长的一段路需要走。究其根源，不自信的原因还是自身实力不强，都说腹有诗书气自华，心中万物皆明才能更加谈吐得当、从容淡定地面对将要发生的一切。所以，做好自己，相信自己，所有的一切都会水到渠成。

苏宇是一个要强的孩子，大学毕业之后在一家房地产中介公司做房产经纪人，销售本就是一个成长速度较快的工作，但是要想真正做好销售，必须得靠自己的毅力和勤奋，更需要时间的打磨和沉淀才能在这个工作上做得更加的长远，这也是销售成为人员流动较大的一类工作的原因，很多人接受不了低谷期的困局，找不到自己到底要做什么，看不到未来的方向。

刚入职的时候是苏宇最困难的时候，那个时候的他只是一个刚毕业的毛头小子，没有客户。经理看到苏宇的状态便把自己的一个客户给了他。但是这个客户想并没有打定主意，就这样，忙活了大概半个月，依旧没有什么结果。虽然没有成交，但是带这个客户的全过程让苏宇学习到了很多东西，在筛选房源、带看房源的过程中记住了很多需要了熟于心的房源，在师父陪同的看房的过程中更是学习到了跟客户打交道的技巧。我这样一个性格内向的小伙子大概不太适合这份需要良好口才的工作吧，苏宇在心里想过很多次这个问题，但是他没有一次放弃过，因为他相信这一份工作都做不好，自己还能做什么工作呢！

经过了两个月的时间，客户终于看到了符合自己意向的房子，并且坚持要找苏宇签合同。客户说："苏宇是一个实诚的小伙子，他说的话并不像别的老中介那么得华丽，总是时时刻刻为我着想，在找房子的过程中也是全力向我的要求靠拢。有一次下着大雨要去约好的地方看房子，小苏打了车去接我然后又去看的房子，所以我相信他，以后有什么需求肯定还会找他。"

就这样，苏宇签了自己人生的第一单，他收获的不只是自己的业绩，他还收获了客户这个信任他的朋友。而这一单更给小苏很大的信心，他觉得自己选对了路，并坚信自己能够做到迎战未来所有的困难，只要拿出真诚的心就一定可以有一个好的结果。

小苏一直都记得经理在他签了第一单之后跟他说的那些话："做我们这一行，最重要的就是要自己拥有坚定的信念，因为受很多因素的影响，市场总会有不一样的变动，但是，你只要做好自己每天的行程量，把自己的工作内容安排得满满当当，耐心地维护好每一位客户，坚持的力量总会带给你更多的惊喜，希望你再接再厉！未来的道路大家一起成长。"

相信自己的力量，你能够，是因为你认为自己能够，如果自我建设都做不好，又怎么能在这个人才济济的社会里找到自己的位置呢！你要相信自己有这个能力，对所有发生的事情都要迎难而上，在行动中解决，减少夸夸其谈，多用实际行动来证明自己的实力。

梦想还是要有的，并且相信自己的梦想一定能够实现，不要逃避困难，他们都是你脚底的垫脚石，只是你成长道路上的一个插曲，拥有相信的力量，信念将伴你打败所有的妖魔鬼怪，找到最真实强大的自己。

最大的成功就是活出自己的精彩

人是群居动物，为此注定一生之中都要承受流言蜚语。这是因为当一个人做出特定的举动，就总有人对他品头论足，正认为如此人们才说，谁人背后不说人，谁人背后无人说。当然，也有人说，谣言止于智者。每个人都是人生的主宰，虽然别人有对我们的人生品头论足的能力，甚至那些好为人师的人还忍不住对我们指手画脚，但是他们都无法决定和左右我们的人生。记住，我的人生我做主，我们没有必要为了别人而活。

现实生活中，偏偏有很多人特别爱面子，也总是为了得到他人的认可和赞赏就轻而易举地改变自己，在做人方面盲目迎合他人，在做事情方面盲目跟风。殊不知，一个人即使再怎么改变也不可能赢得所有人的满意，而盲目跟风的行为只会导致我们陷入成长的被动局面，人云亦云，燕人学步，最终反而连自己原本走路的方式都忘记了。

人生短暂，每个人都要珍惜宝贵的生命时光，决不要付出一生，为了别人而活。其实，对于每个人来说，最大的成功就是活出自己的精彩，而不是活成别人的样子。在人生的旅程中，很多人都会遭到他人的议论和非议，如果自己问心无愧，就不要随意地因为他人的评价而改变自己。当然，当被别人误解和委屈的时候，每个人都难免生气，但是但丁告诉我们，走自己的路，让别人说去吧！既然改来改去也不可能让所有人满意，为何不做真实的自己呢？这样，至少还能活出独属于自己的精彩来！

张丹是一个特别没有主见的人，做事情总是优柔寡断，而且常常因为拿不定主意导致做事情摇摆不定，最终白白失去机会。虽然已经吃过好几次这样的亏，但是张丹却没有从中得到经验和教训，反而变得更加犹豫起来，对于不值一提的小事也有选择恐惧症，生怕自己犯错。

有一段时间，公司里正在进行基层管理人员的选拔，张丹所在的店面，店长不想继续从事管理工作，而是希望把更多的时间用于家庭，为此，店长主动辞掉职务。这样一个非常成熟的店面，是让很多想要得到晋升的人都跃跃欲试，张丹当然也想要。但是，他不敢向上级领导表达自己的想法，而是非常犹豫。这个时候，老店长鼓励张丹向上级领导毛遂自荐，张丹却迟迟不愿意表态。等到一天之后，他终于鼓起勇气向上级领导毛遂自荐，上级领导却已经对于店面有了安排。就这样，张丹错过了一次千载难逢的好机会。

张丹为何不敢毛遂自荐呢？就是因为他害怕给领导留下不好的印象，遭到领导的非议。其实，有些机会是转瞬即逝的，就像当年平原君要出使楚国，而毛遂抓住机会推荐自己一样。在此过程中，还应该尽力表现出自己的优势，为自己争取得到更多的胜算。

人是活给自己看的，如果总是因为顾及他人的想法或者评价而常常陷入被动的局面之中，在应该当机立断下决定的时候却总是不能下决定，那么日久天长，拖延和迟疑就会成为糟糕的习惯，给人的生活和学习都带来严重的负面影响。当然，人也并非生而就很果断，最重要的在于，要想办法激发自己的力量，才能不断地强大起来，也让自己变得更加有个性，更加有主见，这才是真正的成长。

做自己，把握住生命的脉搏

在这个世界上，每个人都是独一无二的存在，每个人都是与众不同的生命个体，每个人都与其他人截然不同。因此，你就要相信你的人生、你的成功，甚至包括你的失败在内，都将会带有你深刻的印记，而绝不会和别人一模一样。既然如此，我们还有必要东施效颦吗？还有必要邯郸学步吗？当然没有。对于任何人而言，最大的成功就是活成自己的模样，活出自己想要的人生。

这个世界上有无数片树叶，也有无数个人，每一片树叶与其他树叶不同，每一个人也与其他人不同。不管别人多么完美，或者取得了多么大的成功，我们可以学习和借鉴，却不要模仿。模仿是最糟糕的方式，且不说别人成功的模式未必适合你，就算最后你真的获得了成功，也是别人的成功，而不是你的成功。要时刻牢记，做好自己才是最大的成功，这一点毋庸置疑，也永远不会改变。

不但每一个人都与别人不同，每个人在成长的道路上所经历的每一分每一秒也是截然不同的。此刻的你与前一刻不同，你此刻的人生也与前一刻的人生不同。既然如此，我们就要做好自己，才能在成长的道路上不断地进取，也才能在人生的道路上坚定不移地面对未来，而不会迷失自我、忘却本心。

每个人都是独特的，绝对与众不同，这使得围绕着每个人发生的事情和接触的人，也是截然不同的。在这个世界上，绝没有两片完全相同的树叶，也没有两个完全相同的人，更没有两个完全相同的人生。现实生活中，很多人为了追求不同，穿着奇装异服，模仿明星的穿衣打扮。殊不知，就算你再怎么模仿，你也不是明星；就算你再怎么模仿，你也还是你自己。当然，你与你也是不同的。一个是模仿过别人的你，已经失去了自己独有的神采，一个是完全本真的你，要相信你即使不模仿，也会成为最独特的自己，和所有人都截然不同。在人生的道路上，我们一定要坚定不移做好自己，才能更加从容不迫地面对人生。尤其是在现代社会的瞬息万变之下，我们唯有笃定做自己，才能以不变应付万变，才能真正活出自己不为任何人所能模仿的特点来！

在生命的历程中，每个人从出生开始就踏上了通往死亡的道路。孩子从蹒跚学步，到健步如飞，再到拄着拐杖前行，也许就在一眨眼之间就经历了生命的诸多过程。对于每个人而言，死亡都是人生的终点，不管如何活过这一生，我们都要最终走向死亡，这一点是毋庸置疑的。既然平平淡淡也是一生，轰轰烈烈也是一生，我们为何不拥有轰轰烈烈的一生呢？常言道，“雁过留声，人过留名”，在人生的漫长旅途中，也许我们非常努力也无法留下璀璨的人生印记，但是我们却可以无怨无悔面对这一生，这样我们的人生才会更加理性从容。记住，人生从来没有回头路可走，也没有重新来过的机会，只有抓住这宝贵的生命时光活出独属于自己的精彩，我们的人生才会如同烟火般绚烂和美好！

作为年轻人，也不要觉得自己还年轻，还有大把的时间去挥霍和浪费。实际上在你漫不经心的时候，时光已经悄然流逝。正如张爱玲所说的，“出名要趁早”，其实人生中不管做什么事情都要趁早，因为只有趁早才能给自己富裕出更多的时间去斡旋，也只有趁早，在人生中遭遇不如意的时候才能理性勇敢地去面对和弥补，甚至是改正错误。不管做什么事情，时间都是必须的成本，如果缺乏资金还可以去周转，但是如果没有时间，就会导致人生不可能做任何事情。所以最重要的在于，我们要把握住生命的脉搏，做自己，这样我们才能抓紧时间铸就辉煌。

坚定内心想法，坚持自己的节奏

人之所以被称为高级动物，是因为有着不同于其他动物的独立思想。不同于低等动物，人类早早地开始直起腰板，学会取火、学会农耕，渐渐地发展到现如今。每一个人生存的意义，都是因为有一个个独立的想法。

你是这世间独一无二的存在，没有一模一样的生活轨迹，没有完全相同的生活经历，就算是长相上能迷惑人的双胞胎，也同样具有不同的性格，这就是人与人之间的区别。所以，不要过分在意别人的建议，成功的案例只能用来借鉴，真正能做决定的只有自己，即使失败了，我们依然有收获。

敢于做第一人才是真正的勇者，因为敢于对未知进行探索，所以才能做出别人不敢做的事情，即使面对很多质疑声，也不会轻易因为别人的意见而改变自己。记住，只有坚定自己内心的想法，一路坚持自己的节奏，才有可能走出不一样的精彩人生。

山上有一只小猴子，从出生就没有下过山，常年的拘束让它看不到外面的大千世界，只知道从山顶望下去，满眼的绿意，生机盎然。有一天，小猴子成年了。猴妈妈说："从今天开始你就成年了，妈妈不再限制你的行为，你要很好地保护自己。你想下山看看那就去吧，看看山下的美好世界，一定不要贪恋，要及时回来。"小猴子蹦蹦跳跳地下山了。

不一会，小猴子看见了一片桃林，红彤彤的桃子挂在绿叶中甚是吸引眼球。猴子喜欢桃子是天性，所以小猴子别提多高兴了，便摘了几个桃子放满了随身携带的小包，继续开心地往前走。不一会儿，小猴子碰见了一只小兔子，小猴子便打了一声招呼，跟小兔子交谈起来。小猴子说："上面有一片桃林，有世界上最好吃的东西，你赶紧去看看吧。"小兔子说："桃子有什么好吃的，下面有一片胡萝卜菜地，那才是世界上最好吃的东西。"于是，小猴子加快了脚步，不远处便看到了一片从未见过的菜地。他按照小兔子的方法，拔了很多萝卜，丢下桃子，把袋子里装满了胡萝卜，继续往前走。走了没多远，小猴子碰到了一个小熊，小熊说："胡萝卜不是最好吃的东西，前面有一大片玉米地，现在正是成熟的季节，那才是世界上最好吃的东西。"小猴子加快了脚步，找到了那片秸秆很高的玉米地，又兴奋地把胡萝卜扔了一地，把玉米装满了整个袋子。继续往前走的小猴子又看到了农夫，农夫说："玉米不是最好吃的东西，我地里的西瓜才是世界上最好吃的东西。"小猴子看见西瓜又心血来潮，对农夫说："我可以用全世界最好吃的玉米换你的西瓜吗？"农夫欣然接受。于是小猴子把大西瓜装到了袋子里。由于西瓜太大，走了一段距离之后，小猴子的袋子破了，西瓜掉在地上，瞬间碎裂，最终，小猴子的袋子空空如也，什么也没拿到。

小猴子一直在别人的意见中左摇右摆，不能做出自己的决定，看见一个新奇的东西就抛弃自己已经拥有的，最终，它什么都没有得到。所以，别人的三言两语不能成为你的衡量标准，你必须要找到自己最需要的东西，最适合自己的才是全世界最好的。

人生际遇全在自己手中，只有抓住最好的时机，才能最终成就完美的自己。别人嘴里的经验永远只是一个参考，自己做出的决定，才是最不会后悔的人生经历。

参考文献

[1]松下幸之助.去过自己喜欢的生活吧[M].北京：新星出版社，2014.

[2]程蔚.用自己喜欢的方式过生活[M].北京：北京时代华文书局，2016.

[3]残小雪.用自己最喜欢的方式去生活[M].北京：中国言实出版社，2016.

[4]王臣.以喜欢的方式去生活[M].北京：化学工业出版社，2018.

[5]夏荷.把生活修炼到你喜欢的模样[M].天津：百花文艺出版社，2019.